"小木屋"的故事

大草原上的小木屋

dacaoyuanshangdexiaomuwu

[美]劳拉·英格斯·维尔德 著

马爱农 译 / 王文成 插图

中国少年儿童新闻出版总社
中国少年儿童出版社
北京

图书在版编目（CIP）数据

大草原上的小木屋 /（美）维尔德(Wilder,L.I.)著；马爱农译. —北京：中国少年儿童出版社，2013.7（2022.3重印）
（世界儿童文学典藏馆）
ISBN 978-7-5148-1136-0

Ⅰ.①大… Ⅱ.①维… ②马… Ⅲ.①儿童文学－长篇小说－美国－现代 Ⅳ.①I712.84

中国版本图书馆 CIP 数据核字（2013）第 135204 号

DA CAOYUAN SHANG DE XIAO MUWU
（世界儿童文学典藏馆）

出版发行：中国少年儿童新闻出版总社
　　　　　　中国少年儿童出版社

出　版　人：孙　柱
执行出版人：马兴民

策　　　划：缪　惟　李世梅	装帧设计：熊猫布克
本书策划：李世梅	责任校对：赵聪兰
责任编辑：李世梅	责任印务：厉　静

社　　　址：北京市朝阳区建国门外大街丙 12 号	邮政编码：100022
总　编　室：010-57526070	发　行　部：010-57526568
官方网址：www.ccppg.cn	编　辑　部：010-57526320

印刷：北京华宇信诺印刷有限公司

开本：880mm×1230mm　1/32	印张：7.625
版次：2013 年 7 月第 1 版	印次：2022 年 3 月北京第 11 次印刷
字数：120 千字	印　数：64001-71000 册

ISBN 978-7-5148-1136-0　　　　　　　　　　定价：18.00 元

图书出版质量投诉电话 010-57526069，电子邮箱：cbzlts@ccppg.com.cn

目　录

第一章　往西去 …………………… 1

第二章　穿过小溪 ………………… 11

第三章　在高地上露营 …………… 20

第四章　大草原上的一天 ………… 27

第五章　大草原上的木屋 ………… 37

第六章　搬进新屋 ………………… 50

第七章　狼群 ……………………… 57

第八章　两扇结实的门 …………… 70

第九章　壁炉里的火 ……………… 77

第十章　屋顶和地板 ……………… 86

第十一章　屋里的印第安人 ……… 94

第十二章　喝到了清水 …………… 104

第十三章　德克萨斯长角牛 ……… 114

第十四章　印第安人营地 ………… 121

第十五章　打摆子 ………………… 128

第十六章	烟囱着火啦	139
第十七章	爸去镇上	146
第十八章	高个子印第安人	157
第十九章	爱德华兹先生遇见圣诞老人	167
第二十章	夜里的尖叫	178
第二十一章	印第安人的狂欢	186
第二十二章	草原大火	194
第二十三章	印第安人的呐喊	203
第二十四章	印第安的马队离开了	214
第二十五章	士兵要来了	222
第二十六章	离别大草原，出发	230

第一章
往 西 去

很久以前,今天的爷爷奶奶都是小男孩、小女孩,或很小很小的婴儿,甚至还没有出生的时候,爸、妈就带着玛丽、劳拉和小宝宝卡瑞·格蕾丝离开了威斯康星州大森林里的小木屋。他们乘马车出发,把空无一人的小木屋孤零零地留在茂密的树林里,后来再也没有看见它。

他们去了印第安人居住区。

爸说,现在大森林里人太多了。劳拉经常听见斧子当当响,却不是爸的斧子,还听见开枪的声音,却不是爸开的枪。小木屋旁边的那条小径,已经变成了马路。

劳拉和玛丽几乎每天都会停止玩耍,惊讶地注视着一辆马车嘎吱嘎吱地在那条马路上慢慢驶过。

人太多的地方,动物们都待不住了。爸也不愿意继续留在这里。他喜欢的是动物都不必担惊受怕的地方。他喜欢看到小鹿崽儿和母鹿从树荫下望着他,喜欢看懒洋洋的熊在野浆果地里吃浆果。

在冬天漫长的夜晚,爸跟妈说起了西部乡村。西部土地平坦,没有树木;草长得又密又高。动物们在那里漫步、觅食,就好像是在无边无际的大牧场上,而且那里没有移居者,只住着印第安人。

冬季快要过去的一天,爸对妈说:"如果你不反对,我决定到西部去看看。有人出价买这块地方,现在卖掉就可以得到我们想要的价钱,足够在一个新的地方重新安家。"

"哦,查尔斯,非得现在就走吗?"妈说,"天气很冷,待在温暖的小屋里多舒服啊。"

"如果想今年出发,现在就得动身。"爸说,"冰面开裂后,我们就没法儿穿越密西西比河了。"

于是,爸卖掉了小木屋,卖掉了母牛和小牛。他用山核桃木做了帆布篷的弓架,垂直固定在马车车厢上。妈帮着他把白色的帆布蒙在弓架上。

天刚蒙蒙亮的时候,妈把玛丽和劳拉轻轻摇醒,叫她们起床。妈在温暖的烛光里给她们梳洗,穿上暖和的衣服。红色的法兰绒长内衣上套了棉布衬裙、羊毛连衣裙和羊毛长筒袜,外面罩上大衣,戴上兔皮帽子和红色的棉线手套。

小木屋里的东西都搬到了马车里,只留下了床、桌子和椅子。这些用不着带,爸随时都能做出新的家具来。

地上有薄薄的一层雪。四下里一片寂静,寒冷而昏暗。寒星下,光秃秃的树木高高挺立。可是东边的天色已经泛白,灰蒙蒙的树林里出现了马的身影和马车上的灯光——爷爷奶奶、姑姑、叔叔婶婶和堂兄妹们来了。

玛丽和劳拉紧紧抱着各自的布娃娃,什么话也不说。堂兄妹们站在一旁看着她俩。奶奶和姑姑们一遍遍地拥抱、亲吻她们,嘴里不停地说着告别的话。

爸把猎枪挂在马车帆布篷顶的弓架上,从座位上一伸手就能够到。他把子弹袋和装火药的牛角挂在猎枪下面,然后仔细地把琴匣子放在几只枕头中间,这样马车颠簸时小提琴就不会损坏。

叔叔们帮着爸把马套在车上。大人们叫那些堂兄妹们亲吻玛丽和劳拉,他们这么做了。爸先抱起玛丽,又抱起劳拉,把她们放在马车后面的床上。爸扶着妈上了马车,奶奶上前把小宝宝卡瑞递给了妈。爸爬上来坐在妈的身边,斑点牛头狗杰克钻到了马车底下。

就这样,他们告别了小木屋。窗户都关着,所以小木屋看不见他们离开。它依然待在木栅栏里，待在那两棵大橡树后面，夏天的时候，玛丽和劳拉曾在橡树的树荫下玩耍。渐渐地，小木屋看不见了。

爸保证说，等到了西部，劳拉就会看见帕普斯。

"什么是帕普斯呀？"劳拉问。爸回答说，"帕普斯就是黑黑小小的印第安婴儿。"

马车在白雪皑皑的树林里走了很长时间，最后，来到了佩平镇。玛丽和劳拉以前来过这里，可是现在看上去不一样了。店铺和住家的房门都关着，树桩上也覆盖着积雪，没有小孩子在户外玩耍。树桩间堆着大捆的木柴。放眼看去，只有两三个穿着鲜艳的格子呢大衣和靴子、戴着毛皮帽的人。

妈和劳拉、玛丽在马车里吃了面包抹糖浆，马从挂在嘴边的饲料袋里吃了一些谷子。爸走进店铺，用皮毛换了路上需要的东西。他们在镇上不能久留，必须当天到达湖对岸。

大湖白茫茫一片，看上去那样平坦、光滑，一直延伸到灰蒙蒙的天际。湖面上有一些马车的辙印，通向很远的地方，看不到它们在哪里结束。

爸赶着马车驶到冰面上，跟随着这些车辙。马蹄发出沉闷的嗒嗒声，车轮吱吱嘎嘎地转动着。小镇在后面越来越小，就连高高的店铺也变成了一个小点儿。马车周围什么也没有，四周空旷而寂静。劳拉不喜欢这样。

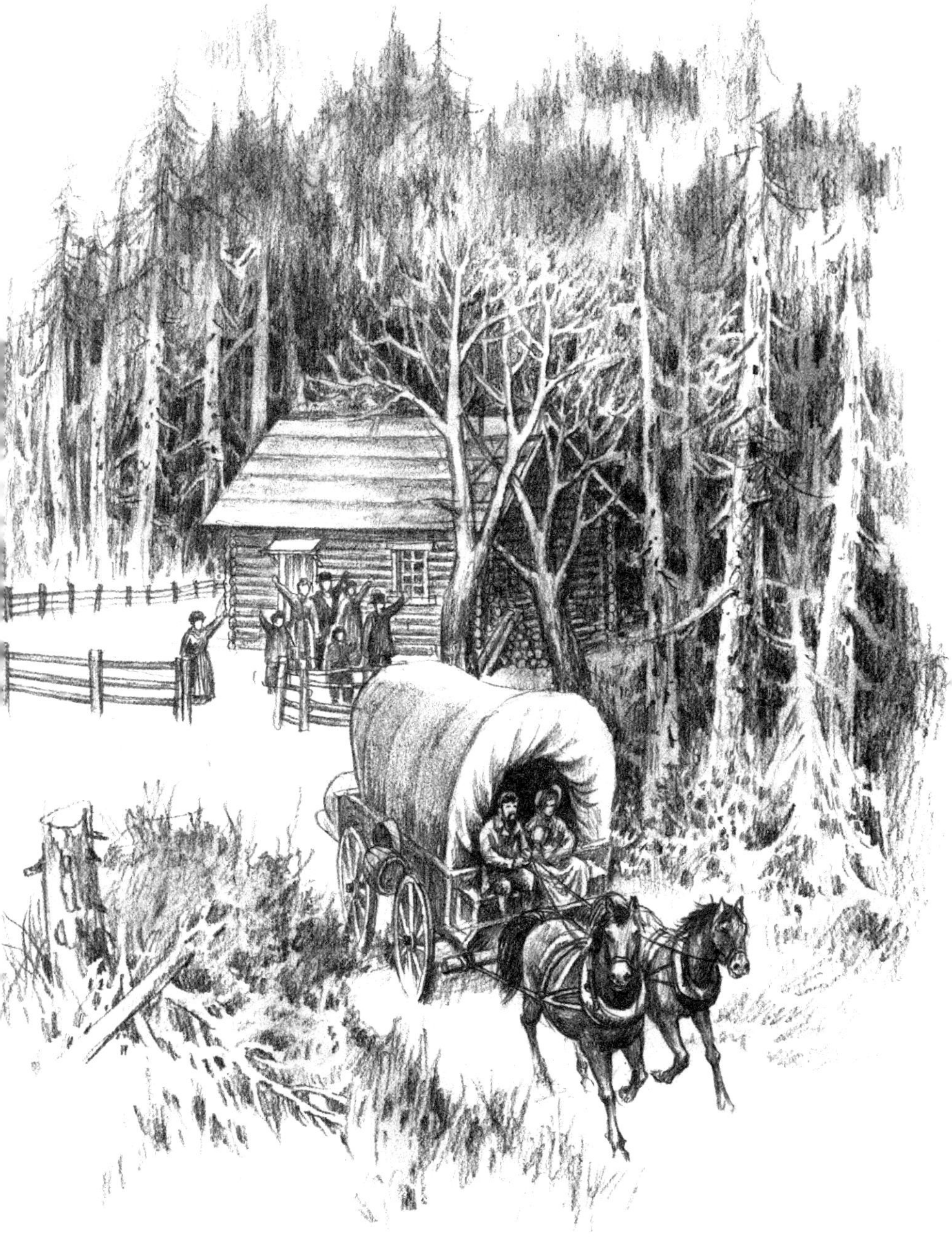

不过爸在马车座上，杰克在马车底下，劳拉知道，只要有爸和杰克，就没有任何东西能伤害到她。

终于，马车爬上了一个土坡，他们又看见了树木。树丛间也有一座小木屋。劳拉觉得心情好些了。

小木屋里没有人住，是个过夜的地方。木屋很小，形状奇怪，几张简陋的床铺贴着墙边。爸在壁炉里生了火，屋里顿时暖和了。那天夜里，玛丽、劳拉和小宝宝卡瑞跟妈一起睡在炉火前的地铺上，爸睡在外面的马车里，守护着马车和马。

半夜，劳拉被奇怪的声音吵醒。好像是枪声，但是比枪声刺耳，持续了好长时间。她一遍又一遍地听到这个声音。玛丽和卡瑞睡得很香，劳拉睡不着，最后黑夜里传来妈温柔的声音，"快睡吧，劳拉。"妈说，"那是冰面裂开的声音。"

第二天早晨，爸说："幸亏我们昨天过了湖，卡罗琳。说不定今天冰就开裂了。我们过湖的时间晚了，还好，马车在湖中央的时候冰没有裂开。"

"我昨天就想到这点了，查尔斯。"妈温和地回答道。

劳拉没有想过这件事。此刻，她幻想着，如果冰面在车轮下碎裂，他们全都落进冰冷的湖水中，那该如何是好呢。

"你把人吓坏了，查尔斯。"妈说，于是爸把劳拉揽进了他宽厚、温暖的怀抱。

往 西 去

"我们渡过了密西西比河!"爸开心地搂着劳拉说,"你觉得怎么样,我的喝了一半的小甜酒①?你愿意到西部印第安人居住区去吗?"

劳拉说愿意,又问是不是此刻就在印第安人居住区了。爸说还没有,他们是在明尼苏达。

到印第安居住区去的路非常非常漫长。几乎每个白天马都在拼命赶路,几乎每个夜晚爸妈都在新的地方扎营露宿。有时,因为小溪涨水,他们不得不在同一个地方待上几天,等水退下去再动身。一路上经过的溪流数也数不清。他们看见陌生的树林和山丘,还看见更加陌生的光秃秃的荒野。他们从长长的木桥上过河,还渡过了一条没有桥的宽阔的黄色大河。

这是密苏里河。爸划着一个木筏子,他们都一动不动地坐在马车里,木筏子慢慢地、摇摇晃晃地驶在波涛翻滚、黄泥浑浊的水面。

过了一些日子,他们又进入了山区。在一个山谷里,马车死死地陷在乌黑的泥潭里。大雨倾盆而下,雷电交加。没有地方可以扎营和生火。马车里每样东西都阴冷潮湿,让人难受,可是他们不得不待在里面,吃冰冷的食物。

第二天,爸在山坡上找到一个可以露营的地方。雨停了,但必须等一个星期,水位落下,泥浆才会变干,

---

① 小甜酒:爸爸对女儿的特殊昵称,以表示对女儿的爱。

爸才可以把车轮从泥里撬出来，继续赶路。

等着等着，一天，从树林里来了一个瘦瘦高高的男人，骑着一匹黑色的矮种马。他和爸聊了一会儿，就一起到树林里去了。回来的时候，两人都骑着黑色矮种马。爸用那些疲倦的棕色马换了这两匹黑色矮种马。

小黑马非常漂亮，爸说它们实际上不是矮种马，而是西部的野马。"像骡子一样有劲儿，像小猫一样温顺。"爸说。小黑马的眼睛大大的，非常温柔，鬃毛和尾巴都很长，四腿纤细，脚比大森林里的那些马小得多，跑起来也快得多。

劳拉问爸小黑马叫什么名字，爸说她和玛丽可以给它们起名儿。玛丽给一匹小马起名帕特，劳拉给另一匹起名帕蒂。后来，小溪的水流不再那么湍急，路面干了一些，爸就把马车从泥浆里撬了出来。爸把帕特和帕蒂套在车上，全家人继续赶路。

他们乘着大篷车从威斯康星州的大森林一路走来，经过明尼苏达州、衣阿华州和密苏里州。漫漫长路，杰克都是在马车底下跑着。现在他们要穿越堪萨斯州了。

堪萨斯是一望无际的大平原，高高的茅草在风中摇摆。他们在堪萨斯走了一天又一天，除了随风摇曳的茅草和无边无际的天空，什么也看不见。天空是一个完美的圆弧，罩在一马平川的平原上，马车就在圆弧正中央的下方。

每天从早到晚，帕特和帕蒂就一直往前赶，脚步时快时慢，可是怎么也走不出那个圆弧的中心。太阳落山后，圆弧仍然笼罩着他们，天际变成了粉红色。接着大地慢慢地暗下来。风吹着茅草地，发出一种孤独的呼啸声。一片茫茫旷野中，营火显得那么渺小。可是天空上悬挂着大大的星星，一闪一闪，看上去那么近，劳拉感觉伸手就能摸到。

第二天，大地还是那样，天空还是那样，圆弧也没有一点儿变化。劳拉和玛丽对这一切都看厌了。没有什么新的景物可看，没有什么新的事情可做。马车后部铺了张床，上面整整齐齐地盖着一条灰色的毛毯。劳拉和玛丽就坐在毛毯上。马车篷顶的帆布卷了上去，用绳子扎住，大草原的风呼呼地吹进来。风把劳拉的褐色直发和玛丽的金色卷发吹得四下飞舞，强烈的光线刺得她们睁不开眼睛。

有时候，一只长腿大野兔从随风摇曳的茅草里三步两步跳出来。杰克没有理会。可怜的杰克也累了，这么一路跑来，脚都跑疼了。马车不停地摇晃，篷顶的帆布在风中噼啪作响。两道淡淡的车辙拖在马车后面，永远没有变化。

爸弓着背，手里松松地握着缰绳，风吹着他长长的褐色胡须。妈坐得笔直，一声不吭，双手叠着放在腿上。小宝宝卡瑞在包裹堆间的一个小窝窝里睡得正香。

"啊——"妈打了个哈欠。劳拉说:"妈,我们能不能下车,跟在后面跑呢?我的腿都累酸了。"

"不行,劳拉。"妈说。

"是不是很快就可以露营了?"劳拉问。中午,他们坐在马车阴影里的干净草地上,吃了一顿午饭。从那会儿到现在,感觉已经过了很长时间。

爸回答道:"还不能呢。现在露营还太早。"

"我现在就想露营!我累坏了。"劳拉说。

这时妈说话了。"劳拉。"妈就说了这么一句,意味着劳拉不可以抱怨。于是劳拉不再大声抱怨,但是心里不服气。她坐在那里,脑海里想着一些抱怨的话。

她的腿好疼,风不停地吹乱她的头发。茅草随风摇曳,马车颠簸,除此之外,很长时间都没有什么变化。

"很快就到一条小溪或小河边了,"爸说,"姑娘们,看见前面那些树了吗?"

劳拉站起来,抓住马车的一根弓架。她看见前面很远的地方有一片矮矮的、黑乎乎的东西。"那是树。"爸说,"从那些影子的形状可以看得出来。在这片地区,有树的地方就有水。我们今晚就在那儿露营。"

第二章
穿 过 小 溪

帕特和帕蒂的脚步变得欢快起来，它们好像也很高兴。劳拉紧紧抓住马车的弓架，站在剧烈颠簸的马车上。越过爸的肩膀和那一大片迎风起舞的绿草地，她看见了树。它们跟她以前看见的树都不一样，比灌木丛高不了多少。

"哇！"爸突然说道，"现在往哪儿走呢？"他喃喃自语。

道路在这里分岔了，看不出哪条路走的人更多。两条小路都掩埋在茅草间，都有浅浅的车辙，一条往西，一条往南。往南的略微有点儿下坡。两条小路很快就被随风摇摆的高高茅草吞没了。

"我猜,最好往下坡走。"爸说,"小溪在低洼的地方。这条路肯定是通往浅滩的。"他让帕特和帕蒂调头往南。

在微微起伏的草原上,小路一会儿下坡,一会儿上坡,一会儿又是下坡、上坡。那些树离得近了,但并没有高出多少。突然,劳拉抽了一口冷气,紧紧抓住马车的弓架——几乎就在帕特和帕蒂的鼻子底下,不再有随风摇摆的茅草,甚至连地面也消失了。她越过悬崖边望过去,看见了一片树梢。

小路在这里转了个弯。马车在悬崖顶上走了一段,然后急转直下。爸踩住车闸,帕特和帕蒂使劲把身子往后坠,几乎都要坐在地上了。车轮呼呼地往前滚,一点点地把马车拖下陡坡,拖向下面的平地。马车两侧都是裸露着红土的悬崖峭壁。悬崖顶上茅草飘舞,但是布满裂缝,直上直下的岩壁却是寸草不生。这里很热,热浪从岩壁扑到劳拉的脸上。风仍然在头顶刮个不停,但吹不到这个深深的地缝里。四下里一片寂静,感觉怪异而空旷。

接着,马车又回到了平地上。刚才下来的那条羊肠小路伸向下面的谷底。这里长着一些高高的树,劳拉刚才在上面的草原上看见过它们的树梢。延绵起伏的草地上点缀着一些阴凉的小树丛,树丛里躺着一些鹿,它们藏在树荫里，几乎看不见。鹿把脑袋转向马车，好奇的小鹿崽子站起身来看个究竟。

劳拉觉得很吃惊，因为她没有看见小溪。谷底很开阔。在这大草原的下面，阳光明媚，山丘起伏，但空气仍然是沉闷炎热的。车轮下的泥土很软。地面上青草稀稀拉拉，鹿把草尖儿都啃掉了。

有一段时间，巍峨的红土悬崖耸立在马车后面。当帕特和帕蒂停在小溪边饮水时，那些悬崖就被山丘挡得几乎看不见了。

溪水在哗哗地流淌着，小溪的岸边的树影投在水面上，黑黢黢的。小溪中央水流湍急，闪着银色和蓝色的水光。

"这条小溪很深，"爸说，"但我琢磨着我们能过得去。从那些古老的车辙看，这里是个浅滩。你说呢，卡罗琳？"

"就听你的吧，查尔斯。"妈说。

帕特和帕蒂抬起湿漉漉的鼻子，把耳朵竖向前方，看着小溪，然后又把耳朵往后一缩，听爸说话。它们叹了口气，把柔软的鼻子碰在一起，好像在彼此小声嘀咕。在靠上游一点儿的地方，杰克正用红红的舌头舔水喝。

"我把马车的篷布放下来拴好。"爸说。他从座位上起身，把卷着的帆布放开来，牢牢地拴在马车的弓架上,再把绳子拽到车后,这样,帆布就在车后的中间缩在一起,只留下一个很小的圆洞,几乎看不到外面。

玛丽在床上缩成一团。她不喜欢蹚水,害怕湍急的水流。可是劳拉很兴奋。她喜欢听哗啦哗啦的水声。爸爬到座位上,说:"到了小溪中央,马可能需要游泳。但是我们肯定能过去的,卡罗琳。"

劳拉想到了杰克,说:"真希望杰克也能坐在车里,爸。"

爸没有回答。他把缰绳紧紧地抓牢在手里。妈说:"杰克会游泳,劳拉。它不会有事的。"

马车慢悠悠地驶进了泥浆里。溪水哗啦啦地泼溅在车轮上。水声越来越响。湍急的水流撞得马车摇摇晃晃。突然,马车悬空了,飘飘悠悠地浮在水面。这真是一种奇妙的感觉。

水声停止了,妈突然说道,"姑娘们,快躺下!"

玛丽和劳拉快得像闪电一样,赶紧平躺在床上。每当妈用那种口气说话,她们总是立即照办。妈伸出胳膊扯过一条毯子盖在她们身上,连头带脚蒙得严严实实。

"就这么躺着,一动也别动!"妈说。

玛丽没有动弹,躺在那里瑟瑟发抖。可是劳拉忍不住微微地扭动一下。她太想看看外面是怎么回事了。她感觉到马车在摇晃、转弯。水声又一次响起来,又一次消失。这时,爸的声音把劳拉吓了一跳。爸说:"拿着，卡罗琳！"

马车剧烈颠簸，侧面突然传来轰隆隆的水声。劳拉腾地坐起，把头上的毯子扯了下来。

爸不见了。妈一个人坐在那里，用两只手紧紧抓住缰绳。玛丽又把脸埋在了毯子里。劳拉干脆站了起来，可她看不见溪岸。除了湍急的溪水，马车前面是空茫茫的一片。水里浮动着三个脑袋。帕特的脑袋，帕蒂的脑袋，还有爸那个湿漉漉的小脑袋。爸的手捏成拳头，在水里紧紧抓着帕特的笼头。

在哗哗的水声中，劳拉能隐约听见爸的声音。那声音平静、欢快，但劳拉听不清他在说什么。爸是在对马说话。妈脸色煞白，像是被吓坏了。

"快躺下，劳拉。"妈说。

劳拉躺下了，觉得很冷，胃里也不舒服。她把眼睛闭得紧紧的，但仍然看见可怕的溪水，看见爸褐色的胡子浸没在水中。

马车摇晃了很长很长时间，玛丽不出声地哭泣，劳拉的胃里越来越难受。接着，车轮撞上了什么东西，发出刺耳的摩擦声，爸大声喊叫。整个马车剧烈地摇摆、晃动，往后倾斜，但车轮终于能在地面上转动了。劳拉又站了起来，抓住座位，看见了帕特和帕蒂湿淋淋地爬上陡峭的溪岸的背影。爸跟在它们身边跑，一边喊道："快，帕蒂！快，帕特！上去！上去！漂亮！好样的！"

到了岸上，它们站在那里不动了，呼哧呼哧地喘气，身上滴着水。马车也停住不动了。他们终于平安地渡过了那条小溪。

还在浑身滴水的爸站在那里喘着气，妈说："哦，查尔斯！"

"没事儿，没事儿，卡罗琳，"爸说，"我们都安全了，幸亏车厢牢牢地固定在车轮上。我一辈子没见过这么湍急的溪水。帕特和帕蒂的水性都很棒，但要是没有我帮它们一把，恐怕也够呛呢。"

如果爸没了主张，如果妈吓得赶不了马车，或者，如果劳拉和玛丽不听话，给妈惹麻烦，他们也许就都完蛋了。溪水会把马车冲翻，把他们卷走、淹死，谁也不会知道他们的下落。那条路上也许好几个星期都不会有人走过。

"好了，"爸说，"一场虚惊。"妈说："查尔斯，你像个落汤鸡。"

爸还没来得及回答，劳拉喊道："哎呀，杰克呢？"

他们把杰克给忘记了。他们把杰克留在了这条可怕的小溪的对岸，现在怎么也找不到它了。它肯定试着跟在他们后面游过来，可是他们看不见它在水里拼命游动的身影。

劳拉使劲咽了口唾沫，不让自己哭出来。她知道哭鼻子是很丢脸的，但是她心里在哭泣。从威斯康星州到这里，多么遥远的路途，杰克一直耐心地、忠心耿耿地跟着他们，结果他们却让它淹死了。它已经累坏了，应该让它待在马车里的。它站在岸边，眼看着马车离它越来越远，好像他们根本就不在乎它似的。唉，它永远不会知道，他们多么需要它。

爸说，他绝不会对杰克做出这样的事情，哪怕给他一百万也不行。早知道小溪中央的水位会涨得这么高，他怎么也不会让杰克游水。"可是现在已经没办法了。"他说。

他在溪岸上来来回回走了很久，寻找杰克，又是叫它的名字，又是吹口哨。

没有用，杰克不见了。

最后，他们没有办法，只能继续赶路。帕特和帕蒂休息了一会儿。爸身上的衣服已经在他找杰克的时候被吹干了。他又拿起缰绳，赶着马车离开河谷，往山上走去。

劳拉一路回头张望。她知道再也不会看见杰克了，但就是想往后看。她只看见马车和小溪之间蜿蜒起伏的大地，小溪后面那些奇怪的红土断崖巍峨地耸立着。

接着，这样的悬崖峭壁又出现在了马车前面。淡淡的车辙钻入红土崖壁的一道缝隙，帕特和帕蒂顺着它往上攀，最后那道缝隙变成了一片绿草茵茵的小山谷。山谷逐渐变得开阔，面前又出现了高高的大草原。

四下里没有道路，看不见一点儿车轮和马蹄的痕迹。那片茫茫的大草原，似乎从来没有人来过。在一望无际的辽阔旷野上，只长着高高的野草，上面是空荡荡的弧形的天空。远处，太阳的边缘碰到了地平线。太阳那么大，它的光芒在有节奏地震颤、跳动。天边有一道淡淡的粉红色云霞，粉红色上面是黄色，黄色上面是蓝色。蓝色之上，天空不再有任何颜色。黛紫色的影子在大地上聚集，风在呼呼地刮着。

爸勒住马。他和妈下车去搭帐篷，玛丽和劳拉也爬出马车,来到地面上。

"哦,妈。"劳拉哀伤地问,"杰克到天堂去了,是不是?它是一条这么好的狗,就不能去天堂吗?"

妈不知道该怎么回答,爸说:"是的,劳拉,它能去天堂。上帝连麻雀都不会忘记,怎么会把杰克这么一条好狗留在寒冷中呢?"

劳拉觉得心里好受些了,但她还是不太高兴。爸干活儿时没有像往常那样吹口哨,过了一会儿,他说:"没有一条好狗看家护院,真不知道我们在荒郊野外会怎么样。"

第三章
在高地上露营

爸像往常一样准备露营。他先给帕特和帕蒂解开缰绳，卸下挽具，给它们套上拴马绳。拴马绳是几根长绳子，系在敲进地里的大铁钉上。大铁钉被称为拴马钉。马套上拴马绳后，能吃到长绳子允许它们够到的地方的草。可是帕特和帕蒂套上拴马绳后，做的第一件事是躺在地上滚来滚去，一直滚到绳子勒在它们背上的感觉完全消失为止。

帕特和帕蒂翻滚的时候，爸把地上一个大圆圈里的草全部拔光。绿草的根部有一些枯草，爸可不愿意不小心让大草原着火。火势一旦在贴近地面的干草间烧起来，会把整片草原烧得精光。爸说："还是小心一点儿为好，以免惹出麻烦来。"

地上的草拔干净了，爸在空地中央放了一把干草。他从溪谷捡来一捧树枝和木柴。他在那一把干草上先放小树枝，再放大树枝，最后把木柴堆在顶上，把干草点着。火苗在那一圈空地里噼噼啪啪地欢快跳跃，不会跑到外面来。

然后，爸打来溪水，玛丽和劳拉帮着妈准备晚饭。妈量了一些咖啡豆倒进咖啡机，玛丽把它们磨成粉。劳拉往咖啡壶里倒满爸打来的水，妈把壶放在煤火上。她还把铁烤炉也架在煤火上了。

烧水时，妈用水把玉米面和盐调在一起，做成一个个小圆饼。她用一块猪皮在烤炉里擦了一圈，然后把玉米饼放在里面，盖上铁锅盖。爸又耙了些煤块在锅盖上，妈在一边把肥肥的咸猪肉切成片。她在铁蜘蛛上把咸肉片煎熟。铁蜘蛛有几根短短的腿，可以站在煤火里，所以叫铁蜘蛛。如果没有腿，就只是个平底煎锅了。

咖啡煮着，圆饼烤着，咸肉煎着，都发出那么好闻的香味。劳拉的肚子越来越饿，越来越饿。

爸把马车的坐垫放在火边，他和妈坐在上面。玛丽和劳拉就坐在马车的辕杆上，每人手里拿着一个铁皮盘子、一把钢刀和一把钢叉，叉柄是白色的骨头做的。妈有一个铁皮杯,爸有一个铁皮杯,小宝宝卡瑞自己也有一个小小的铁皮杯,可是玛丽和劳拉只能合用一个杯子。她们喝水,要等长大了才能喝咖啡。

吃晚饭的时候,黛紫色的暗影渐渐聚拢在营火周围。茫茫的大草原上一片黑暗,只听见风刮茅草的呼呼声。星星悬挂在广袤的天空,一闪一闪地眨着眼睛。

在无边无际的寒冷和黑暗中,营火是多么温暖啊。咸肉片脆脆的、油滋滋的,玉米饼的味道也很棒。在马车后面的黑暗里,帕特和帕蒂在吃草,发出清脆的咀嚼声。

"我们在这里露营一两天,"爸说,"没准儿就留下来不走了。这儿有肥沃的土地,溪谷里有木头,还有大量的猎物——一个男人需要的一切,这里都应有尽有。你说呢,卡罗琳?"

"再往前走,说不定还没有这么好的地方呢。"妈回答道。

"反正,我明天四下里转转。"爸说,"带上我的枪,打点儿新鲜野味儿,给大家开开荤。"

他用一块滚热的煤球点燃烟斗,然后舒坦地伸开双腿。温暖醇厚的烟草味儿跟炉火的暖意融合在一起。玛丽打了个哈欠,从马车的辕杆上滑下去,坐在了草地上。劳拉也打哈欠了。妈麻利地洗干净铁皮盘子、铁皮杯子和刀叉。她还刷洗了烤炉和铁蜘蛛,并把抹布也投洗干净了。

突然，她呆住不动了，竖耳倾听漆黑的大草原上传来的孤独的号叫。他们都知道那是什么声音。这声音总是让劳拉脊背发凉，头皮发紧。

妈抖抖抹布，走进黑暗，把抹布摊在高高的茅草上晾干。她回来后，爸说："是狼。我估计在半英里开外。是啊，有鹿的地方就会有狼。真希望……"

爸没有说他希望什么，但是劳拉知道。爸希望杰克能在。每次大森林里有狼号叫，劳拉都知道杰克不会让狼伤害到她。想到这里，她喉咙哽咽，鼻子发酸。她赶紧眨眨眼睛，没有哭出来。那只狼——也许是另一只狼，又号叫起来。

"小姑娘，该睡觉了！"妈用欢快的语气说。玛丽站起来，转过身，让妈给她解扣子。可是劳拉一跃而起，站着不动。她好像看见了什么——在火光之外的黑暗深处，有两点绿光在贴近地面的地方闪烁——是眼睛。

劳拉后背蹿起一股寒气，头皮发麻，头发根根竖立。那两点绿光在移动。一只眨了眨，另一只眨了眨，然后两只眼睛都亮晶晶地睁着，越来越近。

"看，爸，快看！"劳拉说，"一只狼！"

爸看上去并不匆忙，实际上动作很快。一眨眼间，他就把枪从马车上拿下来，瞄准那一对绿眼睛，准备开枪。绿眼睛停住了，一动不动地在黑暗中朝他望着。

"不可能是狼,除非是一只疯狼。"爸说。妈把玛丽抱进马车。"应该不是,"爸说,"听听马的声音。"帕特和帕蒂仍然在悠闲地吃草。

"是山猫吗?"妈说。

"也许是狼狗。"爸拿起一根木柴,大喊一声,扔了出去。绿眼睛伏到地面,似乎那动物蹲下去准备起跳。爸稳稳地端着枪。那动物没有动。

"别去,查尔斯。"妈说。可是爸慢慢地朝那对绿眼睛走去。那对贴近地面的绿眼睛也慢慢地朝他爬来。

劳拉看见那动物在黑暗中的轮廓。它是黄褐色的，身上还有斑纹。突然，爸大喊一声，劳拉惊叫起来。

接着，她便发现自己在使劲拥抱摇尾巴、喘粗气、连蹦带跳的杰克，杰克热乎乎、湿漉漉的舌头舔着她的脸和手。她抱不住杰克。杰克扭动身子，从她怀里挣脱了，跑向爸和妈，然后又扑回她身边。

"嗨，我吓了一大跳！"爸说。

"我也是。"妈说，"可是你非得把孩子吵醒吗？"她把卡瑞抱在怀里摇晃，哄她安静。

杰克一点儿也没受伤。可是不一会儿，它就躺在劳拉身边，长长地叹了口气。它的两只眼睛通红，身体下部结了一层泥痂。妈给它一块玉米饼，它很有礼貌地舔了舔，摇摇尾巴，但是吃不下去，它太累了。

"不知道它一口气游了多久，"爸说，"也不知道它被冲到下游多远才上岸。"它历经艰险赶上他们的时候，劳拉说它是一只狼，爸还拿起枪来要打它。

可是杰克知道他们不是故意的。劳拉问它："你知道我们不是故意的，对不对，杰克？"杰克摇摇它的秃尾巴——它知道。

已经过了睡觉时间。爸把帕特和帕蒂拴在马车后面的饲料箱上，喂它们吃谷子。卡瑞又睡着了，妈帮玛丽和劳拉脱衣服。她把长睡衣套在她们头上，她们把胳膊伸进袖子里。玛丽和劳拉自己扣上衣领，把睡帽的带子系在脖子下面。杰克在马车底下疲倦地打了三个滚儿，躺下来睡着了。

马车里，劳拉和玛丽念完祷词，爬到了她们的小床上。妈亲吻她们，祝她们晚安。

隔着帆布，帕特和帕蒂在外面吃谷子。帕蒂往饲料箱里喷鼻息时，那声音仿佛就在劳拉耳边。草地里隐隐传来小动物快速爬动的声音。小溪边的树上，一只猫头鹰在叫，"呼——呼？呼——呼？"远处另一只猫头鹰在回答，"喔——喔，喔——喔。"在遥远的大草原上，狼群在号叫。在马车下面，杰克胸腔里发出低沉的轻吠。在马车里，一切都是那么安全、温馨。

从敞开的马车顶上，可以看见密密麻麻的璀璨的大星星。劳拉觉得爸一伸手就能够到。她真希望爸能够摘下天空悬挂的那颗最大的星星送给她。她一直醒着，丝毫没有睡意，可是她突然感觉，那颗大星星好像在朝她眨眼睛呢！

她醒来时，已经是第二天早晨了。

第四章
大草原上的一天

劳拉耳边传来轻轻的马嘶声,还有粮食哗啦啦倒进食槽的声音。爸在喂帕特和帕蒂吃早饭。

"回去,帕特!别这么贪嘴。"爸说,"你知道该轮到帕蒂了。"

帕特跺跺脚,嘶叫一声。

"喂,帕蒂,守着你那头儿别过来,"爸说,"这是给帕特的。"

帕蒂轻轻发出一声尖叫。

"哈哈!被咬了,是不是?"爸说,"活该!我让你别吃别人的。"

玛丽和劳拉互相看看，笑出了声。她们闻到了咸肉和咖啡的气味，还听见煎饼在锅里嗞嗞作响，于是赶紧从床上爬起来。

玛丽可以自己穿衣服，就是扣不上中间那个纽扣，劳拉替她扣上了，接着玛丽帮劳拉把背后的纽扣全部扣好。她们在马车踏板上的铁皮脸盆里洗了手和脸。妈把她们头发里的结全梳通了，爸从小溪那儿提来了清水。

然后，一家人坐在干净的草地上，把铁皮盘子放在腿上，吃煎饼、咸肉和糖浆。

太阳升起来了，周围，迎风摇曳的草地上暗影移动。百灵鸟从茅草丛中一跃而起，唱着歌儿飞向清澈的朗朗天空。一团团珍珠色的云在一望无际的碧空中飘浮。高高的茅草尖上，一些小小的鸟儿轻轻摇摆，用细小的歌喉欢唱。爸说它们是美洲雀。

"啾啾，啾啾！"劳拉对小鸟儿喊道，"啾啾——鸟儿！"

"吃你的早饭吧，劳拉。"妈说，"注意你的吃相，虽然这里前不挨村后不着店，离哪儿都有一百英里。"

爸温和地说："离独立镇①只有四十英里，卡罗琳，而且附近肯定会有邻居。"

"那好吧，四十英里。"妈承认，"可是不管怎么说，在饭桌上唱歌都是不礼貌的——吃饭的时候唱歌不

---

① 独立镇：位于美国密苏里州西部，是新教教会的重要基地。

礼貌。"妈又补充一句，因为他们并没有饭桌。

周围只是一片广袤、空旷的大草原，茅草在光和影的波浪中起伏，上面是蔚蓝的天空，鸟儿从草丛里飞起来，欢快地唱着歌儿，因为太阳正在升起。在这片无边无际的大草原上，看不到有人曾经来过的痕迹。

茫茫的天地之间，孤零零地站着这辆小小的篷车。车子旁边，爸、妈、劳拉、玛丽和小宝宝卡瑞在吃早饭。两匹马嚼着谷粒，杰克一动不动地坐着，使劲忍着不讨吃的。劳拉在吃饭的时候不能喂它，但是给它留了一些残渣碎片。妈用最后一点儿面糊糊给杰克摊了一张大煎饼。

草丛里到处都是野兔，还有成百上千的草原野鸡，但是杰克那天不能捕捉猎物给自己当早饭。爸要出去打猎，杰克必须看守营地。

爸先把帕特和帕蒂拴在桩子上，拿起马车旁的木桶，往里面倒满从小溪里打来的清水，妈要洗衣服。

爸把锋利的小斧子别在腰带上，把装弹药的牛角挂在小斧子旁边。他把线钉盒和子弹袋放进口袋，端起了枪。

爸对妈说："别着急，卡罗琳。我们想什么时候动身就什么时候动身。有的是时间。"

爸走了。她们开始还看见他的上身在高高的茅草丛中越走越远，越走越小，然后就看不见了。大草原上空空荡荡。

妈在马车里铺床,玛丽和劳拉洗盘子。她们把洗干净的盘子整整齐齐地放在箱子里,还捡起地上散落的每一根树枝,扔进火堆,把柴火靠着一个车轮码好。这下,营地就干干净净、整整齐齐的了。

妈从马车里端出盛着肥皂水的木盆。她卷起裙摆,挽起袖子,跪在木盆旁的草地上。她洗了床单、枕套和白色的内衣裤,还洗了裙子和衬衫,把它们用清水漂洗了,摊在干净的草地上,让太阳晒干。

玛丽和劳拉在探险。她们不能离马车太远,但是在阳光下,顶着风在高高的茅草丛中追跑也是很好玩的。大野兔在她们面前一蹦一跳地逃走,鸟儿扑扇着翅膀飞起来又落下。到处可以看见小小的啾啾鸟,高高的茅草丛里有它们的小窝。褐色条纹的小地鼠遍地都是。

这些小动物看上去像天鹅绒一样柔软,亮晶晶的圆眼睛,皱巴巴的鼻子,小小的爪子。它们从地洞里跳出来,直起身子朝玛丽和劳拉张望。它们的后腿弯在屁股底下,小小的爪子紧紧抱在胸前,看上去活像地里冒出来的一根根枯木头,只有亮晶晶的眼睛在一闪一闪。

玛丽和劳拉想抓一只回去给妈看。每次都差点儿就抓住了。地鼠就站在那里一动不动,劳拉以为这次肯定跑不掉了,可就在快要碰到它的一刹那,它不见了。只有地下那个圆溜溜的小洞。

劳拉跑啊跑，怎么也抓不到。玛丽静静地守在一个洞旁，等着一只地鼠钻出来。在她够不到的地方，地鼠们欢快地跑来跑去，有的还坐在那里看着她，可是没有一只地鼠从她守着的那个洞里钻出来。

有一次，草地上掠过一道阴影，地鼠们呼啦一下全部消失了。一只老鹰在空中盘旋。它飞得很低，劳拉可以看见那只犀利的圆眼睛朝下瞪着她。她还看见老鹰锋利的嘴巴，和那双弯曲的、随时准备出击的野蛮爪子。老鹰除了劳拉、玛丽，和地上那些空空的圆洞，什么也没看见。它盘旋着飞走了，到别处去寻找美味。

这时，所有的小地鼠又都出来了。

时间差不多是中午了，太阳几乎就悬在头顶。于是劳拉和玛丽从草地上摘了一些鲜花，代替地鼠，拿回去献给妈。

妈正在把晒干的衣物叠起来。小衬裤和小衬裙比雪还要白，被太阳晒得暖乎乎的，闻上去有一股青草味儿。妈把衣物放进马车里，接过鲜花。妈夸奖了劳拉给她的花，也夸奖了玛丽给她的花，把它们合在一起，插在一个盛满水的铁皮杯子里。她把花放在马车的踏板上，让住地显得更漂亮。

然后，妈撕开两张冷的玉米饼，抹上糖浆，一张给玛丽，一张给劳拉。这是她们的午饭，味道真不错。

"妈，帕普斯在哪里？"劳拉问。

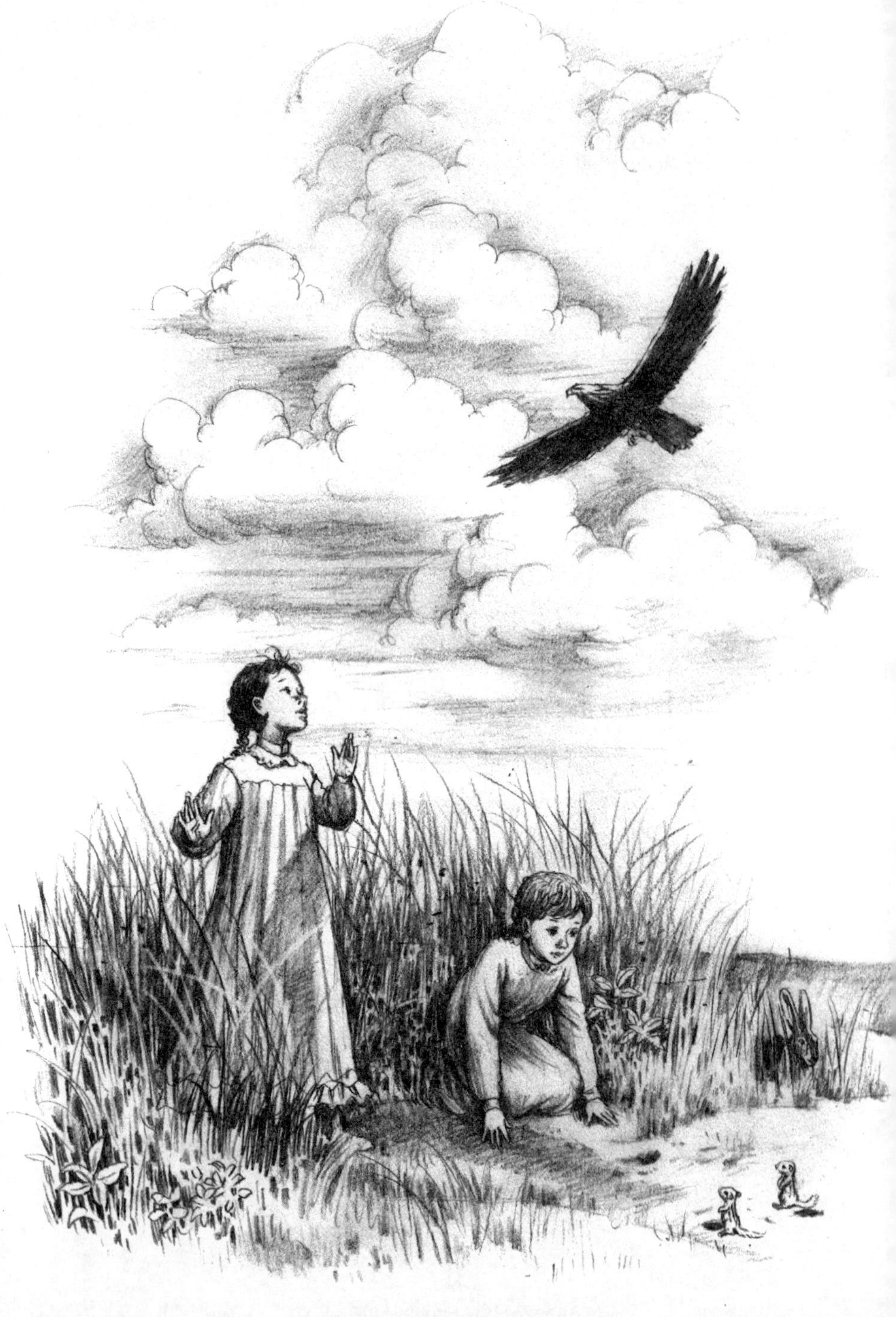

"嘴里有东西不要说话，劳拉。"妈说。

于是劳拉把饼子嚼巴嚼巴咽下去，说，"我想看到帕普斯。"

"饶了我吧！"妈说，"你为什么想看到印第安人？我们会看到很多很多，没准儿比我们愿意看到的还要多。"

"他们不会伤害我们的，是不是？"玛丽问。玛丽总是那么乖，从来不嘴里含着东西说话。

"不会！"妈说，"不许这样胡思乱想。"

"妈，你为什么不喜欢印第安人？"劳拉问，一边用舌头舔去一滴糖浆。

"我就是不喜欢。劳拉，别舔手指。"妈说。

"这是印第安人居住地，是吗？"劳拉说，"如果你不喜欢他们，那我们为什么要到他们的土地上来呢？"

妈说她也不知道这里是不是印第安人的土地。她不知道堪萨斯的边界在哪里。不管怎么说，印第安人不会在这里再待很久。爸听华盛顿的一个人说，印第安居住地很快就开放了，大家可以随便去定居。说不定已经开放了，他们也搞不清楚，因为华盛顿离这里太远了。

妈把熨斗从马车里拿出来，放在火边烤热。她给玛丽的一条裙子、劳拉的一条裙子、小宝宝卡瑞的一条小裙子，还有她自己的那条枝叶图案的印花布裙都喷上了水，在马车的座椅上铺了一条毯子和一条床单，开始熨衣服。

　　小宝宝卡瑞在马车里睡觉。劳拉、玛丽和杰克躺在马车阴影里的草地上，因为阳光已经很烫人了。杰克张着嘴巴，露出红红的舌头，眨巴着蒙眬的睡眼。妈一边轻声哼着歌儿，一边把那些小衣服上的皱褶都熨平。在她们周围，放眼望去直到天边，除了随风摇曳的茅草，没有任何东西。高高的空中，几朵白云飘浮在蔚蓝色的天宇。

　　劳拉非常高兴。风吹草地，发出沙沙的轻柔歌声。蚂蚱刺耳的叫声在无边无际的大草原上颤抖。溪谷的树丛里传来若有若无的嗡嗡声。然而，所有这些声音却构成一种浩瀚、温馨、愉快的沉寂。劳拉从来没有见过让她这么喜欢的一个地方。

　　她突然醒来，才知道早已不知不觉睡着了。杰克站在那里，摇摆着它的秃尾巴。太阳已经落得很低，爸在大草原上走过来了。劳拉一跃而起，朝爸跑去，爸长长的影子在被风吹着的草上伸过来，与她相会。

　　爸把猎物举得高高的让劳拉看，是一只野兔，劳拉从没见过这么大的野兔，还有两只胖乎乎的草原母鸡。劳拉兴奋地上蹿下跳，拍着巴掌大声尖叫。然后，她抓住爸的另一只袖子，跟在爸的身旁，在高高的草丛中一上一下地跳跃。

　　"这片土地上猎物多极了。"爸告诉她，"一次就看见五十只鹿,还有羚羊、松鼠、野兔,各种各样的鸟儿。小溪里全是鱼。"爸对妈说,"告诉你吧,卡罗琳,这里应有尽有,我们可以生活得像国王一样!"

晚饭美味无比。全家人坐在火边,饱饱地吃了一顿鲜嫩、可口的野味。最后,劳拉终于放下盘子,心满意足地叹了口气。她再也没有别的要求了。

最后一道天光从广袤的天际隐去,平坦的大草原被黑暗笼罩。晚风凉飕飕的,温暖的炉火让人感到欣慰和温暖。菲比鸟从小溪边的树丛里发出悲哀的鸣叫。一只嘲鸫(dōng)唱了会儿歌,然后星星出来了,鸟儿们都沉默了。

爸的小提琴在星光下轻轻响起。有时候爸也跟着唱,有时候就是小提琴独奏。琴声优美、轻柔而悠扬:

我的心上人,

认识你的人都会爱上你……

明亮的大星星低低地悬挂在夜空。它们越来越低,随着音乐颤抖。

劳拉抽了口冷气,妈赶紧过来了。"怎么啦,劳拉?"她问。劳拉压低声音说,"星星在唱歌。"

"你刚才睡着了,"妈说,"是小提琴的声音。小姑娘们该睡觉了。"

妈就着火光给劳拉脱掉衣服，换上睡衣，系上睡帽，把劳拉抱到床上，掖好被子。小提琴仍然在星光下歌唱。这个夜晚充满了音乐，劳拉相信其中一部分来自低低悬挂在大草原上的那些璀璨的大星星。

第五章
大草原上的木屋

第二天早晨,劳拉和玛丽醒得比太阳还早。早饭是玉米面糊糊和卤鸡肉,她们吃完了便赶紧帮妈洗盘子。爸把所有的东西都放进马车里,给帕特和帕蒂套上挽具。

太阳升起来的时候,他们已经坐着马车在大草原上穿行。现在没有路了。帕特和帕蒂在草丛中艰难地行走,马车后面留下的只有它自己的辙印。

快到中午的时候,爸说:"哇!"马车停住了。

"我们到了,卡罗琳!"他说,"我们就把房子建在这里。"

劳拉和玛丽越过饲料槽,急急忙忙地跳落到地上。

周围什么也没有，只有一望无际的大草原，一直延伸到天边。

在北边很近的地方，那道溪谷就位于大草原的下面。可以看见墨绿色的树梢，远处是一些断崖，把大草原的茅草高高托起。在东边很远的地方，大草原上有一条深绿浅绿、若隐若现的线，爸说那就是河。

"是绿铜河。"爸指点着对妈说。

爸和妈立刻就开始把马车上的东西搬下来。他们把东西全搬出来堆在地上，然后把马车的篷布摘下来盖在上面。他们还把车厢也拿掉了，劳拉、玛丽和杰克在一旁看着。

很长时间以来，马车都是他们的家。现在只剩下四个轮子和连接轮子的框架。帕特和帕蒂仍然套在马车上，爸拿着斧子和一个水桶，坐在马车的骨架上，把车赶走。他走进大草原的深处，消失了。

"爸去哪儿了？"劳拉问。妈说，"他到溪谷去弄一些木头来。"

被留在高高的大草原上，没有马车陪伴，这是一种很奇怪、很可怕的感觉。大地和天空这样空旷，劳拉这样渺小。她真想躲在高高的茅草丛里一动不动，像一只草原小鸡崽那样。可是她没有。她帮妈干活儿，玛丽坐在草地上照顾小宝宝卡瑞。

劳拉和妈先在帆布车篷底下铺床。然后，妈整理箱子和包裹，劳拉把帐篷前面一小块地上的草拔光，形成一块空地，可以生火。她们要等爸拿回柴火来才能生火。

没有什么事情可做了，劳拉就去探险。她没有离开帐篷很远。在草丛中她发现了一条奇怪的隧道般的土路。从摇曳的茅草顶上望过去根本发现不了，但如果走到近处，就看见了——草根之间一条又窄又直的硬土路，一直通向远处无边无涯的大草原深处。

劳拉顺着土路往前走了一段。她走得很慢，越走越慢，然后站住不动，心里有一种异样的感觉。于是她转过身，赶紧跑了回来。她扭头看去，其实什么也没有，但她不敢逗留。

爸运木头回来的时候，劳拉把那条土路的事跟他说了。爸说他昨天就看见了，"是一条旧路。"他说。

那天夜里，劳拉在火边又问什么时候能看见帕普斯，可是爸不知道。爸说，只有印第安人让你看见的时候你才能看见他们。他小时候在纽约州见过印第安人，劳拉没有见过。她知道他们都是红皮肤的野人，用的小斧子叫战斧。

关于野生动物的事爸全知道，所以爸肯定也了解野人。劳拉认为总有一天爸会指给她看一个帕普斯，就像他曾经指给她看小鹿、小熊和小狼一样。

爸运了好几天木头。他把木头堆成两堆，一堆盖房子，一堆盖马厩。他每天去溪谷，来来回回地踩出了一条路。晚上帕特和帕蒂就拴在木桩子上吃草,最后木桩子周围的草都被啃得又短又秃。

爸先盖房子。他用脚步在地上量出尺寸,然后用铲子在那块空地的两边挖一条浅浅的小沟。他把两根最大的木头滚进浅沟。这两根木头必须粗壮结实,支撑得住整座房子。这种木头叫基木。

爸又选了两根结实的大木头,滚压在基木的两端,让它们形成一个中空的正方形,再用斧子在木头的每一端凿出一个又宽又深的凹槽。他一边在木头顶端凿凹槽,一边用眼睛测量基木,使凿出的凹槽正好是基木的一半那么深。

凹槽凿好后,爸把木头滚过去。凹槽正好卡在了基木上。

房子的根基完成了,四周都有一根木头。基木一半埋在地里,压在它们顶端的两根木头整齐地贴着地面。木头顶端交叉的地方,凹槽使它们相互重叠,比一根木头厚不了多少。木头两端伸出凹槽之外。

第二天爸开始砌墙。他从每一边把一根木头滚上去,在顶端凿出凹槽,然后他把木头翻过来,跟下面木头的顶端互相咬合,让它们的凹槽正好卡在下面的木头上。现在,整座房子有两根木头高了。

房子四个角的木头咬得很结实。可是没有一根木头是完全笔直的,所有的木头都是一头比另一头粗,所以墙上留下了一些缝隙。不过没关系,爸会把这些缝隙堵塞住的。

爸一个人就把房子建到了三根木头高。然后妈过去帮他。爸把一根木头的一端搬到墙上,妈扶住木头,让爸把另一端抬起来。爸站在墙上凿凹槽,妈帮着把木头滚过去扶住,爸把它固定在合适的位置,让房子的每个角都四四方方。

就这样，一根木头接一根木头，他们把墙越砌越高，高得劳拉都跨不过去了。劳拉看腻了爸和妈盖房子，就走进高高的茅草丛里探险。突然，她听见爸喊道："放手！赶紧躲开！"

那根沉甸甸的大木头滑下来了。爸拼命扶住他那一头儿，不让木头砸在妈身上。可是他扶不住了。木头倒下来。妈在地上缩成一团。

劳拉和爸一起飞快地冲到妈的身边。爸跪下来，用焦虑的语气呼唤着妈。妈大口喘着粗气，说："我没事。"

木头砸在了她的脚上。爸抬起木头，妈把脚从下面抽出来。爸抚摸着妈，看是否断了骨头。

"活动活动胳膊，"爸说，"后背疼不疼？脑袋能转吗？"妈动动胳膊，转转脑袋。

"谢天谢地。"爸说。他扶妈坐了起来，妈又说道："我没事，查尔斯，就是砸到腿了。"

爸迅速脱掉妈的鞋袜，把她的脚彻底摸了一遍，还活动了脚踝、脚背和每一个脚趾。"疼得厉害吗？"他问。

妈的脸色发灰，嘴巴抿成一条直线。"不厉害。"她说。

"骨头没断，"爸说，"只是扭了筋。"

妈欢快地说，"是啊，扭了筋很快就会恢复的。你别担心了，查尔斯。"

"都怪我，"爸说，"应该使用垫木的。"

爸扶妈进了帐篷。他生起火，把水烧热。水达到妈能忍受的热度时，妈把肿胀的脚放了进去。

上帝保佑妈的脚没有被压得粉碎。地上正好有个小坑，使妈的脚躲过一劫。

爸不停地把热水倒进妈泡脚的盆里。妈的脚被烫得红红的，肿起来的脚踝开始发紫。妈把脚从水里拿出来，用破布一圈一圈地紧紧缠住脚踝。"我能行。"她说。

她穿不上鞋子，只好在脚上又裹了几层破布，走起路来一瘸一拐。她像往常一样准备晚饭，只是动作慢了一些。爸说妈的脚踝没有恢复之前，不能帮着盖房子了。

爸砍出几块垫木，是一些扁平的长木板。木板一头搭在地上，另一头架在木头墙上。爸不准备再搬木头了。他和妈要把木头顺着这些垫木滚上去。

可是妈的脚踝还没有恢复呢。晚上她把破布解开，用热水泡脚时，脚的颜色又青又紫。盖房只能再等等了。

一天下午，爸愉快地吹着口哨，从小溪那条路走来。她们没想到他打猎这么快就回来了。爸一看见她们就大声喊道："好消息！"

他们有一个邻居，离这里只有两英里，就在小溪的对岸。爸是在树林里碰到他的。他们准备换工，这样双方都会觉得轻松一些。

"他是个单身汉，"爸说，"他说，咱们家有你和女儿,他一个人,没有房子,好对付,所以打算先来帮我。等他把木头准备好了,我就去帮他。"

盖房用不着等了,也不需要妈再帮忙了。

"你觉得怎么样,卡罗琳?"爸开心地问。妈说,"太好了,查尔斯。我很高兴。"

第二天一早,爱德华兹先生来了。他瘦瘦高高,皮肤黧黑。他朝妈鞠了一躬,礼貌地称她为"夫人"。他对劳拉说,他是田纳西州来的一个大老粗。他穿着高筒靴和一件破旧的短上衣,戴一顶浣熊皮帽子,能把烟草汁吐得很远,劳拉从没想过有人能把烟草汁吐得这么远。而且,他想吐中什么东西就能吐中。劳拉试了一遍又一遍,也吐不到爱德华兹先生那么远。

他干活儿是一把快手。一天工夫,他和爸就把四面墙砌到了爸想要的高度。他们一边干活儿,一边开玩笑、唱歌,斧子砍得碎木屑四下飞舞。

他们在墙顶上架起一个细杆子构成的屋顶框架,然后在南墙砍出一个高高的豁口做门,在西墙和东墙砍出四方形的豁口做窗。

劳拉等不及要看看房子内部。高高的豁口刚砍开,她就跑了进去。里面到处都是条条道道。一缕缕阳光从西墙的缝隙射进来,头顶的细杆子投下一条条影子。条条道道的光与影印在劳拉的手上、胳膊上、没穿鞋子的脚上。透过木头间的缝隙,她能看见一道道的大草原。

草原的清香混合着劈开的木头的香味儿。

后来，当爸把西墙的木头砍开时，大片的阳光照了进来。窗户完成了，房子里的地面上照进来方方正正的一大片阳光。

爸和爱德华兹先生在门洞和窗洞周围钉上薄薄的木板，遮住木头的茬口。除了房顶，房子就算盖好了。墙很结实，房子很大，比帐篷大得多。真是一座好房子。

爱德华兹先生说他该回家了，可是爸和妈说他必须留下来吃晚饭。因为有客人，妈做了一顿特别美味的晚餐。

晚餐有炖野兔肉、白面团子和大量的肉汤。还有一张热气腾腾的厚厚的玉米饼，散发着咸肉的香味。糖浆可以抹在玉米饼上吃。因为晚餐上有客人，他们没有用糖浆给咖啡增甜。妈拿出了那一小纸包浅褐色的糖。

爱德华兹先生说，这顿晚饭他吃得非常满意。

然后，爸拿出了他的小提琴。

爱德华兹先生四仰八叉地躺在草地上，听爸拉琴。爸先拉给劳拉和玛丽听。他拉了她们最喜欢的歌曲，边拉边唱。这是劳拉最喜欢的，因为爸的声音深深地、深深地与那首歌融在一起。

> 哦，我是吉卜赛王！
> 来去自由像风一样！
> 拉下我的旧睡帽，

广阔世界任我闯荡。

他的声音越来越低沉,比年纪最老的牛蛙的声音还要低沉。

哦,
　　我是
　　　吉卜
　　　　赛
　　　　　王!

他们全都笑了起来。劳拉笑得停不下来。

"哦,再唱一遍,爸!再唱一遍!"她喊道。接着她想起小孩子只能乖乖待着,不能随便讲话,就赶紧闭上了嘴巴。

爸继续拉琴,所有的一切都开始舞动。爱德华兹先生用胳膊肘撑起身子,然后坐了起来,再然后一跃而起,开始跳舞。他在月光下像牵线跳娃一样跳舞。爸继续用小提琴拉出欢快的乐曲,并不住地用脚打着拍子。劳拉和玛丽都在拍手,并用脚打着拍子。

"我从没见过像你这么会拉琴的人!"爱德华兹先生赞赏地对爸喊道。他没有停止跳舞,爸没有停止拉琴。爸拉了《金钱麝》《阿肯色的旅行者》《爱尔兰洗衣妇》和《魔鬼的角笛》。

音乐声中,小宝宝卡瑞没法儿睡觉。她坐在妈的腿上,用圆溜溜的眼睛看着爱德华兹先生,拍着小手,咯咯大笑。

就连火光也在跳舞,火光外围的影子也在跳舞。只有新房子静静地站立在黑暗中,后来大大的月亮升起来,照在它灰色的墙上,照在周围黄色的碎木屑上。

爱德华兹先生说他必须走了,回到树林和小溪对岸他的营地要走很远呢。他拿起枪,对劳拉、玛丽和妈说了晚安。他说单身汉的日子挺孤单的,他很享受这个晚上的家庭生活。

"拉吧,英格尔斯!"他说,"拉琴送我走上小路!"于是,他在通往小溪的那条小路上渐渐远去时,爸一直拉琴。爸、爱德华兹先生和劳拉用全部的力气高唱:

> 丹·塔克是个好老汉,
> 他在锅里洗脸蛋,
> 他用车轮把头梳,
> 最后因牙疼小命完。

> 给丹·塔克让让道!
> 他吃晚饭要迟到!
> 饭都吃完盘子收,

只留下一块烂渣糕!

老丹·塔克往镇上走,
骑着骡子牵着狗……

爸的嘹亮的歌唱声和劳拉的小声音在大草原上回荡,远远地从溪谷里传来爱德华兹先生最后一声高叫。

给丹·塔克让让道!
他吃晚饭要迟到!

爸的小提琴停止了,他们再也听不见爱德华兹先生的声音,只有风吹过茅草在沙沙作响。大大的、橙黄色的月亮高高地悬在头顶,天空那样明澈,没有一颗星星在闪烁,整个大草原一片黑暗沉郁。

然后,在小溪边的树林里,一只夜莺开始唱歌。

一切都安静下来,聆听夜莺的歌声。夜莺唱啊唱啊。清凉的晚风吹过大草原,圆润的歌声盖过了茅草的低语,天空像一只明亮的大碗,倒扣在黑色的平原上。

歌声结束了,没有人动弹或说话。劳拉和玛丽一声不响,爸和妈坐着一动不动。只有风在流动,草在叹息。然后爸把小提琴架在肩上,用琴弓轻轻地触动琴弦。几个音符像几滴清水,滴落进这片寂静。爸停顿了一下，开始拉那首夜莺的歌。夜莺回应了他。夜莺又开始歌唱，和着爸的琴声。

琴弦沉默下来后，夜莺继续歌唱。夜莺停顿时，小提琴向它呼唤着，于是它再次放开歌喉。夜莺的歌声和小提琴的琴声，在月光下，在清凉的夜晚，此起彼伏，交相呼应。

第六章
搬 进 新 屋

"墙已经搭好了,"早晨爸对妈说,"我们最好搬进去,在没有地板和家具的情况下,先尽量凑合一下。我得赶紧把马厩盖起来,让帕特和帕蒂也能待在屋里。昨天夜里,我听见四面八方都有狼的号叫,听上去离得很近呢。"

"没事,你有枪呢,我不会担心的。"妈说。

"是啊,还有杰克。但是,如果你和孩子们都待在结结实实的墙里面,我会感到心里踏实一些。"

"你说,我们为什么没有看见印第安人?"妈问。

"哦,我不知道。"爸漫不经心地回答,"我在悬崖那儿看见了他们的宿营地。估计现在都出去打猎了。"

这时妈喊道："姑娘们！太阳出来了！"劳拉和玛丽手忙脚乱地下床，穿好衣服。

"快吃早饭。"妈说，把最后一点儿炖野兔肉盛进她们的铁皮盘子里，"我们今天要搬进新屋子，里面的木屑都要清理出来。"

于是她们赶紧吃完早饭，抓紧时间清理屋子里的木屑。她们以最快的速度跑来跑去，用裙子兜住一大抱木屑，扔在火边的木屑堆里。屋子的地面上还有一些木屑，妈就拿起她的柳枝扫帚开始扫地。

妈扭伤的踝骨正在慢慢好转，虽然走起路来还是一瘸一拐的。但她很快就把泥土地扫干净了，玛丽和劳拉就帮着她把东西搬进屋里。

爸骑在墙头，把帆布的车篷蒙在屋顶的框架上。帆布被风吹得像巨浪一般翻滚，爸的胡子四下飘舞，头发都竖在头顶上，似乎想把自己连根拔起。爸牢牢抓住帆布，跟大风搏斗。有一次帆布抖动得那么厉害，劳拉以为爸肯定要撒手，或者像一只鸟儿那样飞上天去了。可是爸两条腿死死夹住木墙，用手紧紧抓住帆布，把它拴在屋顶上。

"下来！"他对帆布说，"待着别动，你给我——"

"查尔斯！"妈说。她站在那里，怀里抱着一些被褥，抬头责备地看着爸。

"——给我乖乖的。"爸对帆布说,"怎么啦,卡罗琳,你以为我要说什么?"

"哦,查尔斯!"妈说,"你这个坏蛋!"

爸顺着屋子的墙角下来了。一根根木头从墙里伸出来,爸就把它们当成了梯子。爸用手揉搓自己的头发,使它们支棱得更厉害了,妈忍不住哈哈大笑。于是爸把妈连同那些被子都搂在怀里。

他们看着屋子,爸说:"这真是一个舒适的小屋!"

"我想赶紧搬进去。"妈说。

屋子没有门窗,没有地板,也没有屋顶,只有帆布蒙在上面。可是四面都有结结实实的木头,风吹雨打不会动摇。它不像马车,每天早晨都要奔赴另一个地方。

"卡罗琳,我们在这里会过得很好,"爸说,"这是一片美妙的土地,我会心满意足地在这里过完我的下半辈子。"

"哪怕有别人来定居?"妈问。

"哪怕有别人来定居。不管周围居住的人有多稠多密,这个地方都永远不会感到拥挤。看看头顶的天空!"

劳拉明白爸的意思。她也喜欢这个地方。她喜欢无边无际的天空,喜欢一眼望不到头儿的大地和日夜不停的风。这里的一切都是那么自由、辽阔,美妙无比。

到吃午饭的时候,屋子就收拾好了。床整整齐齐地摆在地上,车座和两根木头桩子搬进来当椅子。爸的枪架在门口上方的钉子上。箱子和包裹都规规矩矩地码放在墙边。这真是一个舒适的屋子。柔和的光线从帆布顶棚上照下来,风和阳光从窗洞钻进来,四面墙壁的每道缝隙都微微发亮,因为太阳光在头顶照耀着。

只有篝火还在原来的地方。爸说他会尽快在屋里造一座壁炉。他还要在冬天到来之前劈出一些木板来盖一个结实的屋顶。他要用半圆木料给屋里铺地板,还要做床,做桌子和椅子。不过这些活儿都得先放一放,他要去帮爱德华兹先生盖房子，还要给帕特和帕蒂盖一个马厩。

"等那些都做完了，"妈说，"我还想要一根晾衣绳。"

爸笑了起来。"对啊，我想要一口井。"

吃过午饭，爸把帕特和帕蒂套在车上，到小溪去汲了满满一桶水回来，给妈洗洗涮涮用。"你可以在小溪里洗衣服，"爸对妈说，"印第安女人就是这么做的。"

"如果你愿意像印第安人那样过日子，可以在屋顶上凿一个窟窿，让烟冒出去，我们还要在屋里的地上生火，"妈说，"印第安人就是这么做的。"

那天下午，妈在水桶里洗了衣服，把它们摊在草地上晾干。

吃过晚饭，一家人在篝火旁坐了一会儿。那天晚上他们就能睡在屋里，再也不会睡在篝火旁边了。爸和妈聊了会儿威斯康星州的那些乡亲，妈希望能给他们捎一封信。可是独立镇离这里有四十英里，爸要走远路赶到那里的邮局才能寄信。

在家乡的大森林里，爷爷奶奶、叔叔姑姑和堂兄堂妹们都不知道爸、妈、劳拉、玛丽和小宝宝卡瑞在什么地方。而他们坐在篝火旁，也不知道大森林里可能发生什么事。没有办法知道。

"好了，该睡觉了。"妈说。小宝宝卡瑞已经睡着了。妈把她抱进屋里，给她脱了衣服。玛丽帮劳拉解开裙子和胸衣后面的纽扣。爸把一条被子挂在门洞上，有被子挡着总比没有门强。然后爸出去把帕特和帕蒂牵到房子旁边。

爸回头轻声唤道："快出来，卡罗琳，看看月亮。"

玛丽和劳拉躺在新屋泥土地上的小床上，透过东面的窗洞注视着天空。皎洁的大月亮的边缘在窗洞底部闪烁着清辉，劳拉坐了起来。她看着大月亮在明澈的夜空中悄悄地越升越高。

月光给屋子四壁的每一道缝隙都镀上了一层银辉。月光从窗洞照进来，在地上形成一个四四方方的柔和光斑。月光多么皎洁，劳拉清清楚楚地看见妈撩开门上的被子走进来。

劳拉赶紧躺下，不让妈看见她不听话地坐在床上。

她听见帕特和帕蒂轻轻地对爸嘶鸣。然后，它们轻轻的脚步声通过地面传入她的耳朵。帕特、帕蒂和爸正朝屋子走来，劳拉听见爸在唱歌：

　　银色的月亮飘啊飘！
　　让清辉把夜空照耀——

他的声音好像是夜色的一部分，而月光和寂静是大草原夜色的一部分。他走到门口，唱道：

在淡淡的银色月光下——

妈轻声说:"嘘,查尔斯。你会把孩子们吵醒的。"

于是爸悄悄地走进屋。杰克在他脚后跟了进来,躺在门口。现在他们都待在新家牢固结实的木墙里了,多么安全和舒适啊。睡意蒙眬中,劳拉听见远处的大草原上传来一声长长的狼嗥,她只感到后背微微哆嗦了一下,很快就睡着了。

第七章
狼　群

只用了一天工夫，爸和爱德华兹先生就给帕特和帕蒂盖好了马厩，就连顶棚也搭好了，他们一直干到很晚，妈只好等他们回来再开晚饭。

马厩没有门，爸在月光下把两根粗壮的树桩砸进地里，门洞两边各一根。他把帕特和帕蒂牵进马厩，然后把一些劈开的小木头一根根垒起来，堵住门洞。小木头靠在那两根大柱子上，形成了一面结实的墙。

"好了！"爸说，"让那些野狼号叫去吧！今晚我也能睡个好觉了。"

早晨，爸搬开门柱后面那些劈开的木头时，劳拉一下子惊呆了。帕特身边站着一只长腿、长耳、摇摇晃晃的小马驹儿。

劳拉朝马驹跑去，温柔的帕特竟然竖起耳朵，冲劳拉龇牙咧嘴。

"退回去，劳拉！"爸厉声吩咐。然后他又对帕特说，"好了，帕特，你知道我们不会伤害你的小马驹儿的。"帕特轻声嘶叫着回答。帕特让爸抚摸它的小马驹儿，却不让劳拉和玛丽靠近。即使她们透过马厩墙上的缝隙朝里张望，帕特也会朝她们翻白眼，龇牙咧嘴。她们从没见过耳朵这么长的马驹。爸说这是一头小骡子，劳拉却说它看上去像一只长耳大野兔。于是，他们就给这头小马驹取名叫小兔。

当帕特站在木桩旁，小兔在它周围蹦蹦跳跳地为这个辽阔的世界惊叹时，劳拉必须仔细看护好小宝宝卡瑞。只要有人靠近小兔，帕特就会狂怒地尖叫，冲过去狂咬。

那个星期天的下午，爸骑着帕蒂到大草原上去熟悉熟悉情况。家里还有很多肉，所以他没有带枪。

他顺着小溪上方的悬崖边缘，在高高的茅草丛中越骑越远。鸟儿在他面前扑啦啦地起飞，在空中盘旋一阵，又飞回到草丛中。爸一边骑马一边低头看着溪谷，也许是在注视着吃草的野鹿。突然，帕蒂小跑起来，它和爸很快变得越来越小，不一会儿就只能看见茅草随风起舞了。

那天傍晚，爸没有回来。妈翻动篝火里的煤块，又往上面放了一些柴火，开始做晚饭。玛丽在屋里照料小宝宝，劳拉问妈："杰克怎么啦？"

杰克不停地走来走去，一副心神不宁的样子。它对着风皱起鼻子，脖子上的狗毛竖起来，趴下去，又竖起来。帕特的蹄子突然重重响起。它围着木桩子跑了一圈，然后站住不动，轻轻地叫了一声。马驹儿小兔跑到它身边。

"怎么回事，杰克？"妈问。杰克抬头看着妈，却不能说出一句话来。妈仔细打量周围的大地和天空，看不到任何反常的迹象。

"好像没什么事，劳拉。"妈说。她用钩子把煤块扒在咖啡壶和蜘蛛烤肉架周围，放在烤箱上面。草原鸡在蜘蛛架上吱吱作响，玉米饼发出一股好闻的香味儿。妈不停地朝大草原上四处张望。杰克烦躁不安地走来走去，帕特也不肯吃草了。帕特脸冲西北，那是爸离开的方向，它让小马驹儿紧紧跟在它身旁。

突然，帕蒂从大草原跑来了。它拼命迈开马蹄，全速奔跑。爸几乎是平趴在它脖子后面。

帕蒂直接冲过了马厩，爸才把它勒住。爸勒得真用劲儿，帕蒂差点儿一屁股坐在地上。它全身发抖，黑色皮毛上满是汗水和吐出的白沫。爸翻身下马，上气不接下气。

"出什么事了,查尔斯?"妈问他。

爸望着小溪的方向,妈和劳拉也朝那里望去。可是溪谷上面空荡荡的,只有几棵树的树梢,还有远处高原上茅草丛中裸露的泥土悬崖,并没有什么异样。

"怎么回事?"妈又问道。"你为什么那么骑帕蒂?"

爸深深地吸了口气。"我担心狼群会追到这儿来。不过看来没事儿了。"

"狼群!"妈喊道,"什么狼群?"

"没事儿了,卡罗琳,"爸说,"你先让我喘口气吧。"

他喘息了一阵,说道:"我并没有那么骑帕蒂。为了不被它甩下来,我只能那么做。五十只呀,卡罗琳,我从没见过这么大的狼群。我可再也不愿意遭这种罪了,给我多少钱都不干。"

这时,太阳落山,草原上出现了一道阴影。爸说:"我过会儿再跟你讲。"

"我们上屋里吃晚饭吧。"妈说。

"不用,"爸对她说,"有情况杰克会提醒我们,让我们来得及做准备。"

他把帕特和小马驹儿从木桩那儿领过来。他没有像往常那样把它们引到小溪边去饮水。他让它们喝妈准备明早洗衣的水,桶里的水还是满满的。爸抚摩着帕蒂汗淋淋的身体和腿,然后把它和帕特、小马驹儿一起关进了马厩。

晚饭做好了。篝火在黑暗中形成一个光圈。劳拉和玛丽靠近火边,跟小宝宝卡瑞待在一起。她们可以感觉到周围沉沉的黑夜,不停地扭头看着黑暗与火光交界的地方。那里有黑影在移动,影子像活的一样。

杰克直着身子坐在劳拉身边。它的耳朵尖儿竖了起来,听着黑暗里的声音。它不时地朝黑暗里走一段距离,围着篝火绕一圈,再回来坐在劳拉身边。它没有吠叫,粗脖子后面的毛都平趴着,牙齿露出一点儿,因为它是一条斗牛犬。

劳拉和玛丽吃了玉米饼,啃了草原鸡的鸡腿,坐在那里听爸给妈讲狼群的事情。

爸又发现了一些邻居。小溪两岸都有人前来定居。就在不到三英里的地方,在高原的一处洼地里,一个男人和他的妻子正在盖房子。夫妇俩姓司各特,爸说他们是好人。他们家再过去六英里,有一座房子里住着两个单身汉。他们有两片农场,房子就建在两片农场之间。一个男人的床靠着一面墙,另一个男人的床靠着另一面墙。所以,他们虽然住在同一座房子里,却睡在各自的农场。那座房子有八英尺宽。他们在房子中一块儿做饭,一块儿吃。

关于狼群的事,爸还一个字儿也没有说。劳拉希望他赶紧说。可是劳拉知道,在爸说话的时候,她是绝对不可以插嘴的。

爸说，那两个单身汉不知道这地方还住着别人。他们只见过印第安人，所以看见爸去很高兴，爸就在那里多待了一会儿。

爸骑上马时，在草原上一处隆起的地方看见溪谷里有一片白色的东西。他觉得是一辆带顶篷的马车。果然如此。他骑过去一看，是一对夫妇带着五个孩子。他们是从衣阿华州来的，在溪谷里扎营过夜，因为有一匹马病了。现在马倒是好一些了，可是小溪边寒冷的晚风把他们吹病了，发烧，打摆子，患了疟疾。夫妇俩和三个大孩子病得站都站不起来了。小男孩和小女孩跟玛丽和劳拉差不多大，正在照顾他们。

爸尽力帮助了他们，然后骑马回去把他们的事情告诉了那两个单身汉。其中一个立刻骑马去把那家人转移到高原上，那里空气比较好，他们很快就能恢复健康。

一件事引出另一件事，所以爸回家就晚了。他在大草原上抄近路，帕蒂驮着他大步奔跑。突然，从一道小水沟里蹿出了一群狼。一眨眼的工夫，就把爸团团围住了。

"好大的一群狼，"爸说，"约莫有五十只。我活了半辈子都没见过那么大的狼，肯定是他们说的那种野牛狼。头狼凶猛剽悍，全身灰色，站起来肩膀足足有一米来宽。告诉你吧，我吓得头发根儿都竖起来了。"

"而且你没有带枪。"妈说。

"我当时也想到了这点。不过即使带着枪也没有什么用。你不可能用一杆枪对付五十只狼。而且帕蒂肯定跑不过它们。"

"那你怎么做的呢?"妈问。

"什么也没做。"爸说。"帕蒂想跑。我内心里也巴不得赶紧逃离那个地方。但是我知道,只要帕蒂撒腿一跑,那些狼一眨眼就会追上我们,把我们掀翻在地。所以我勒住帕蒂,让它慢慢走。"

"天哪,查尔斯!"妈惊叹道。

"是啊。给多少钱我也不愿再经历这种事儿了。卡罗琳,我从没见过那样的狼。一只大狼贴着我小跑,就在我的脚蹬子旁边。我一脚就能踢到它的肋骨。它们根本没有理会我。肯定是刚刚捕到猎物,饱饱地吃了一顿。

"告诉你吧,卡罗琳,那些狼就把我和帕蒂团团围在中间,跟我们一起往前跑——就在光天化日下——跟一群狗追着一匹马没什么两样。它们围在我们四周,一边小跑,一边跳来跳去地耍着玩儿,互相龇牙咧嘴,就跟狗一模一样。"

"天哪,查尔斯!"妈又说了一遍。劳拉的心怦怦地跳个不停,嘴巴张开,眼睛睁得老大,不错眼珠地盯着爸。

"帕蒂全身都在发抖,拼命忍着恐惧,"爸说,"它吓得浑身冒汗,我也大汗淋漓。可是我勒住它的缰绳，不让它跑，我们就在那些狼群中间慢慢地走。狼群陪着我们走了四分之一英里左右。那只狼一直贴在我的脚蹬子旁边，好像待着不肯走了。

"后来我们来到通往下面溪谷的水沟顶端。身体剽悍的灰色头狼蹿进水沟，别的狼也都跟着它跑了进去。当看到最后一只狼也钻进了水沟里，我立刻让帕蒂撒开蹄子快跑。

"帕蒂径直从大草原跑回了家。我即使用生牛皮做的鞭子狠狠抽它，它也不可能跑得更快了。我一路胆战心惊，生怕那些狼朝这边追来，生怕它们的速度比我快。幸亏你有那杆枪，卡罗琳。幸亏盖了这座房子。我知道你能用那杆枪对付狼群，不让它们靠近房子。可是帕特和小马驹儿都在外面呢。"

"你其实不用担心的，查尔斯。"妈说，"我想我肯定有办法保护我们的马。"

"那个时候，我脑子不是完全清楚，"爸说，"现在我知道你肯定能把马保住，卡罗琳。那些狼不会把你怎么样的。如果它们饿着肚子，我就不会在这里……"

"小水罐，大耳朵①。"妈说。她的意思是不让爸吓唬玛丽和劳拉。

"好吧，总算是有惊无险。"爸回答道，"现在那

---

① 小水罐，大耳朵：北美谚语，意思是小孩子耳朵尖，什么话都能听见。

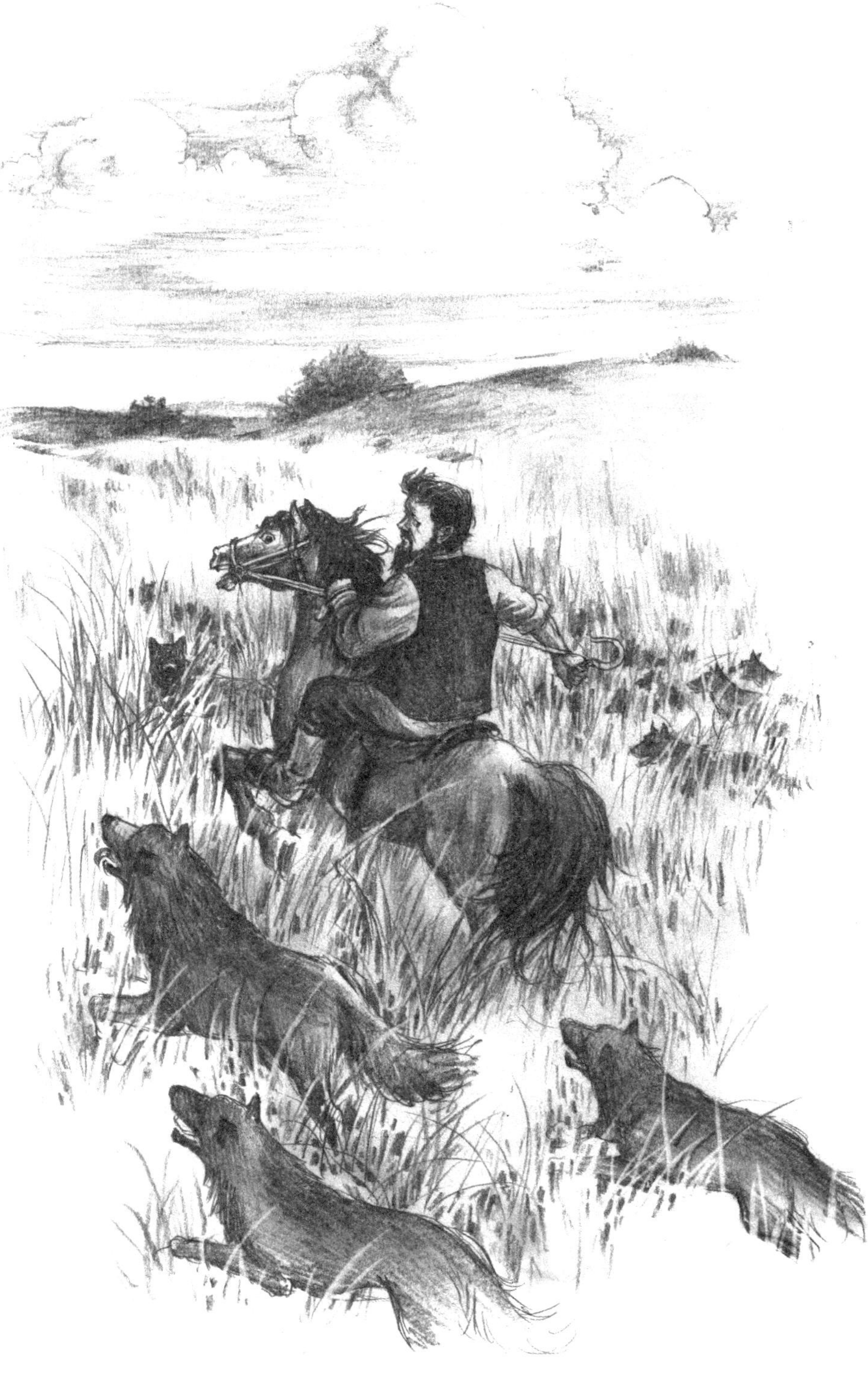

些狼离这里很远很远。"

"它们怎么会那样呢?"劳拉问爸。

"我不知道,劳拉。"爸说,"我猜它们刚刚吃饱肚子,准备到小溪里去喝水。或者,它们是到大草原上来玩儿的,除了玩耍,没有心思去注意别的,小姑娘有时候也是这样的。也许它们看到我没有带枪,不会伤害它们。或者,它们以前从没见过人,不知道人会对它们造成伤害,所以压根儿没有把我放在心上。"

帕特和帕蒂心烦意乱地在马厩里走了一圈又一圈。杰克绕着篝火走来走去。当它站住不动、嗅嗅空气、侧耳倾听时,脖子后面的狗毛根根竖起。

"小姑娘们该睡觉了!"妈用欢快的语调说。就连小宝宝卡瑞都没有犯困呢,可是妈把她们都领进了屋子,吩咐玛丽和劳拉上床,给小宝宝卡瑞穿上小睡衣,把她放在大床上。然后她出门去收拾碗碟。劳拉希望爸和妈也在屋里。他们待在外面,劳拉感觉他们离得很远很远。

玛丽和劳拉都很听话,乖乖地躺着不动,可是卡瑞坐了起来,摸着黑自己玩耍。黑暗中,爸的胳膊从挂在门洞上的被子后面伸进来,悄悄拿走了他的枪。屋外的篝火旁,铁皮盘子叮当作响,然后是刀子擦刮蜘蛛烤肉架的声音。妈和爸在说话,劳拉闻到了烟草的气味。

在房子里是安全的,可是爸的枪没有架在门洞上,而且房子没有门，只挂着一床被子，就感觉不那么安全了。

过了很长时间，妈才撩开被子。小宝宝卡瑞已经睡着了。妈和爸蹑手蹑脚地走进来，悄没声儿地上了床。杰克躺在门口，但没有把下巴搁在爪子上。它竖着脑袋，侧耳倾听。妈的呼吸轻柔，爸的呼吸粗重，玛丽也睡着了。劳拉在黑暗中拼命睁大眼睛看着杰克。她看不清杰克脖子后面的毛是不是竖起来了。

突然，她在床上腾地坐直了身子。她刚才睡着了。黑暗已经消失，月光从窗洞洒进来，从墙上的每道缝隙渗透进来。爸站在窗口的月光下，端着枪，身影黑乎乎的。

一声狼号在劳拉耳边响起。

她赶紧缩回身子，离开墙壁。狼就在墙外。劳拉吓坏了，一声儿都不敢出。她不仅脊梁骨里有一股凉气，而且全身发冷。玛丽把被子扯上去蒙住了脑袋。杰克汪汪大叫，朝门洞上挂的被子龇牙咧嘴。

"安静，杰克。"爸说。

一声声可怕的狼号在屋里盘旋，劳拉从床上起来。她很想到爸身边去，但又知道这个时候最好别去妨碍他。爸转过脑袋，看见劳拉穿着睡衣站在那里。

"想看看它们吗，劳拉？"爸轻声问。劳拉没有说话，只是点了点头，脚步轻轻地朝爸走去。爸把枪靠在墙上，把劳拉抱到窗洞口。

月光下，一群狼坐在那里，围成一个半圆。它们直着身子,看着窗洞里的劳拉,劳拉也看着它们。她从没见过这么大的狼。最大的那只比劳拉还高,甚至比玛丽还高。它坐在狼群中间,正对着劳拉。它所有的东西都是大的——大尖耳朵,大尖嘴巴,舌头耷拉在外面,肩膀和腿粗壮有力,两个大爪子并排放着,大尾巴在屁股后面弯弯地翘起。它的皮毛是灰色的,十分浓密,两只眼睛闪着绿光。

劳拉把脚趾抠进墙上的缝隙,双臂叠起来搭在窗台上,盯着那只狼看了又看。但她没有把脑袋探到空窗洞的外面去,因为那些狼坐得那么近,动着爪子,舔着嘴巴。爸稳稳地站在劳拉身后,用胳膊紧紧搂着她的腰。

"它真是大得吓人。"劳拉轻声说。

"是啊,看它的皮毛多亮。"爸贴着她的头发耳语。月光在大狼浓密的狼毛周围闪烁着点点银光。

"它们围成一个圆圈,把房子围在中间。"爸小声说。劳拉轻轻地跟着爸走到另一个窗洞。爸把枪靠在那面墙上,又把劳拉抱了起来。果然,那里也有一群狼坐着围成一个半圆。它们的眼睛在房子的阴影里闪着绿光。劳拉能听见它们的呼吸。狼群看见爸和劳拉正往外望,圆圈中间部分的狼朝后退了一点儿。

帕特和帕蒂在马厩里尖叫、奔跑。它们的蹄子咚咚地踏着地面,砰砰地踢在墙上。

过了一阵,爸又回到另一个窗洞口,劳拉也跟了过去。他们正好看见那只大狼仰起脑袋，鼻子对准天空，张开嘴巴，朝月亮发出一声长长的号叫。

顿时，房子周围的那一圈狼都把鼻子对着夜空，回应头狼的号叫。狼号声震得房子发颤，这声音把月光填得满满的，在寂静寥落的大草原上颤巍巍地传得很远很远。

"回床上睡觉去吧，我那喝了一半的小甜酒。"爸说，"回去睡觉。我和杰克会看护好你们大家的。"

劳拉回到床上，很长时间都没能入睡。她躺在那里，听着木头墙外狼群的呼吸声。她听见它们的爪子在地上抓挠，听见一只狼的鼻子对着一道墙缝嗅来嗅去，还听见那只灰色的头狼又发出号叫，其他的狼纷纷回应。

爸悄悄地从一个窗洞走到另一个窗洞，杰克不停地在门洞的被子前面走来走去。狼群尽管号叫吧，只要有爸和杰克在，它们就进不来。最后，劳拉终于睡着了。

第八章
两扇结实的门

劳拉感觉到脸上有一种柔柔的暖意，她睁开眼睛，看见了早晨的阳光。玛丽正在篝火旁跟妈说话。劳拉跑到屋外，睡衣里面什么也没穿。放眼望去已经没有狼的踪影，但房子和马厩周围有密密麻麻狼的脚印。

爸吹着口哨从小溪那条路走来。他把枪架在钉子上，像平常一样牵帕特和帕蒂到小溪边去饮水。他跟踪狼的脚印走了很远，后来知道它们追逐一群鹿，已经去了远方。

野马看见了狼的脚印，胆怯地往后退缩，并紧张地竖起耳朵。帕特让小马驹儿紧贴在自己身边。它们乖乖地跟着爸走,因为爸知道没什么可害怕的。

早饭做好了。爸从小溪边回来后,一家人坐在火边,吃炸面糊和草原鸡肉末。爸说他哪天要做一扇门。他希望下次挡在一家人和狼群之间的不只是一床被子。

"我没有铁钉了,但我不能干等着直到去独立镇,"他说,"一个男人不需要铁钉也能盖房子、做门。"

吃过早饭,爸把帕特和帕蒂套在马车上,拿着斧子,去砍做门的木头。劳拉帮着洗碗碟、铺床。那天由玛丽照顾小宝宝,劳拉帮爸做门。玛丽在一旁看着,劳拉给爸递工具。

爸用锯子把木头锯成门的长度。他还锯了几根短木条做门的横档。然后他用斧子把木头劈成木板,把表面修得光光滑滑。他把一块块长木板铺在地上,把短木板架在上面。接着他用螺旋钻打眼儿,打的孔眼儿穿透横档,深入长木板。他往每个眼儿里敲进一根木钉,把木板牢牢固定住。

门就这样做好了。这是一扇很棒的橡木门,厚重、结实。

他割了三根长长的皮带做铰链。一个铰链靠近门的顶部,一个靠近底部,一个在当中。

他先把铰链固定在门上。他是这样做的——在门上放一块小木片,凿一个圆洞穿透木片,打进门板;再把一根皮带的一头儿在小木片上绕两圈,用刀子在皮带上剜出两个小洞眼儿；然后把小木片再放在门板上，小木片上绕了两圈皮带，所有的洞眼儿都对准那个圆洞。这时劳拉把锤子和一根钉子递给爸，爸把木钉砸进了洞眼儿。木钉穿过皮带，穿过小木片，再穿过皮带，钉进门里。这样就把皮带固定得死死的，不会松脱。

"我早就告诉过你，好汉干活儿不需要铁钉！"爸说。

爸把三个铰链都固定在门上后，就把门装在门框里。不大不小正合适。然后他用木钉把一些木条钉在门框一侧的木板上，不让门向外转开。他把门重新放进门框，劳拉用身子把门顶住，爸把铰链钉在门框上。

在装门之前，爸已经在门上做了插销，因为必须想办法把门关牢。

爸是这样做插销的。他先砍下一截又厚又短的橡木块。在木块一头儿的中间凿一个深深的宽宽的凹槽。他把这个木块钉在门的里侧，在木块的上面、下面和边缘都钉了木钉。他把有凹槽的一边贴着门板，这样凹槽就形成了一个小小的狭缝。

然后爸砍削了一根细细长长的木条。这根木条很小，可以轻松地插进那道狭缝。爸把木条的一端插进狭缝，把另一端钉在门上。

但是他没有把木条钉紧。木钉在门上钉得很结实，可是木条上的洞眼儿比木钉大。只有那道狭缝让木条在门上不掉下来。

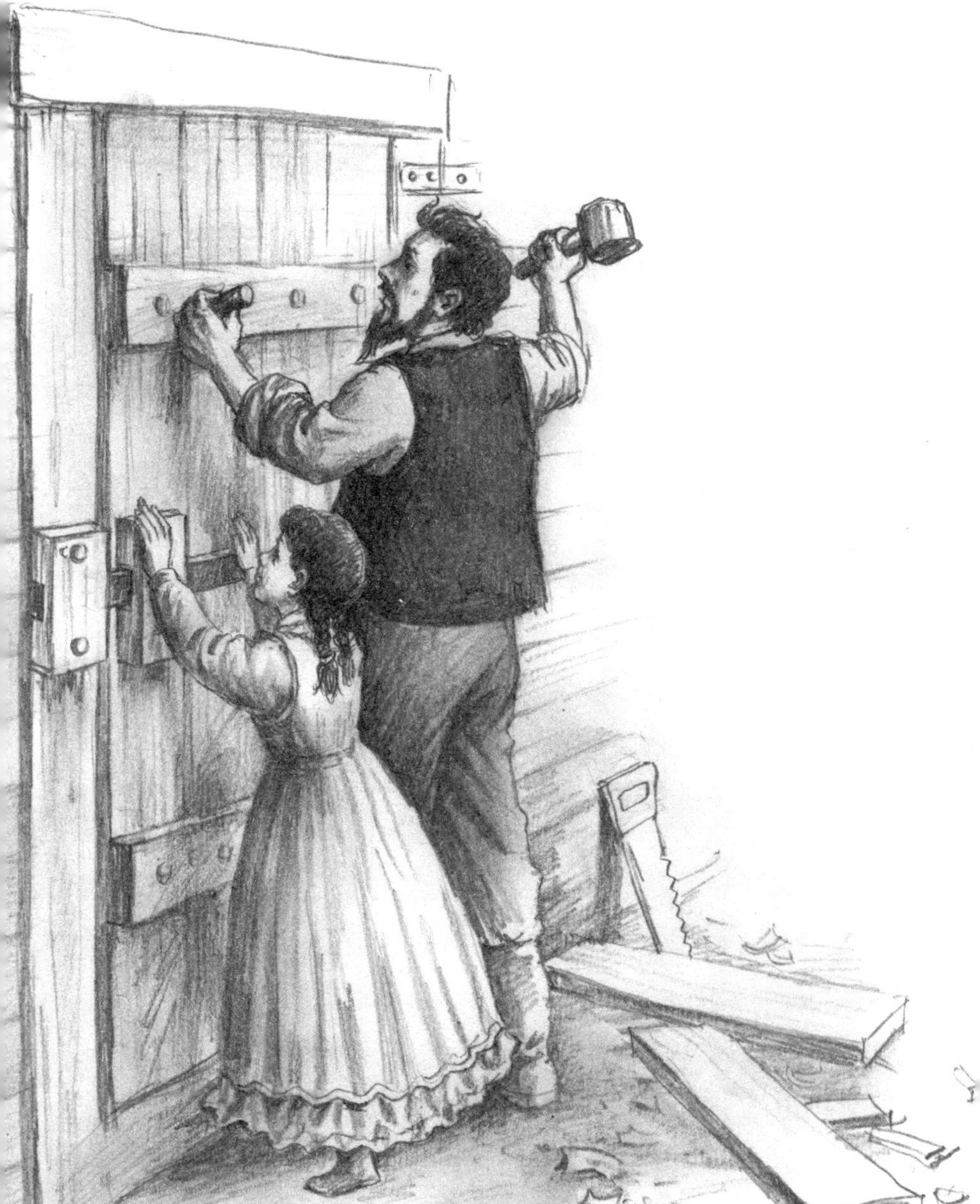

这根木条就是插销。它在木钉上转动自如，一头可以在狭缝里上下移动。木条很长，当门关上的时候，它能穿过狭缝，跨过门和墙壁的缝隙，贴在墙壁上。

爸和劳拉把门安在门框里，爸在墙上标出插销露出来的地方。他在那里钉了一根非常结实的橡木条。橡木条的顶部凿空了，插销可以落在它和墙壁之间。

劳拉把门推上，她一边推，一边把插销抬起来，让它能插进那道狭缝。她让插销落到那根结实的橡木条后面。橡木条让插销贴在墙上，那根垂直的木条把插销固定在门上的狭缝里。

没有人能闯进门来，除非让牢固的插销断成两半。

但是必须有办法从外面把插销抬起来。于是爸就做了拴锁带。皮带是从一块上好的牛皮上割下来的。他把皮带的一头绑在插销上，就绑在木钉和狭缝之间。然后在插销上方的门上凿一个小洞，把皮带的另一头儿从小洞里塞出去。

劳拉站在门外，看到皮带头儿从洞里出来了，就赶紧抓住它往外拉。她用力地拉，直到插销抬起，自己可以开门进去。

门做好了，是用厚厚的橡木做成的，上面还有橡木板做的横档加固，都用结实的木钉牢牢地钉在一起。拴锁带挂在门外，如果你想进屋，就拉那根皮带。如果你在屋内，不想让外面的人进来，就把拴锁带从洞眼儿里拉进来，外面的人就进不来了。门上没有把手，也没有锁眼儿和钥匙，但它仍然是一扇很棒的门。

"今天可真干了不少活儿！"爸说，"而且我有一个得力的小帮手！"

他用手摸了摸劳拉的头顶。然后他一边吹口哨，一边把工具收起来放好，到木桩子那儿牵帕特和帕蒂去饮水。太阳正在落山，微风变得凉爽，篝火上煮的晚饭散发出阵阵香气，劳拉从没闻到过这么香的晚饭。

晚饭吃的是腌猪肉。这是最后一点儿腌猪肉了，所以第二天爸就出去打猎。到了第三天，爸和劳拉给马厩做了一扇门。

马厩的门跟房门一模一样，只是没有插销。帕特和帕蒂不明白插销是做什么用的，也不会在夜里把拴锁带拉进来。所以爸没有做插销，只在门上凿了一个洞，穿了一道铁链子。

夜里，爸会把链条的一头从马厩墙上的缝隙拉过来，把链条两头儿锁在一起。这样就没有人能进入马厩了。

"现在我们彻底安逸了！"爸说。当周围逐渐有人搬来定居时，夜里最好把马匹关起来锁好，因为有鹿的地方就会有狼，有马的地方就会有盗马贼。

那天晚上吃晚饭的时候，爸对妈说："好了，卡罗琳，帮爱德华兹盖好房子之后，我就立刻给你造一个壁炉，这样你就可以在屋里做饭，不受风吹雨打了。我好像从没见过什么地方有这么多的阳光，但我估计肯定有一天会下雨的。"

"是啊，查尔斯。"妈说，"在这个地球上，好天气不会永远持续下去。"

第九章
壁炉里的火

在门对面那道木头墙壁的外面,爸把茅草割掉,把地收拾得平平整整。他准备造壁炉了。

爸和妈把车厢又装在车轮上,爸给帕特和帕蒂套上挽具。

太阳正在升起,渐渐缩短了大地上的影子。几百只草地云雀从大草原上飞起,唱着歌儿在空中越飞越高。它们的歌声婉转美妙,像音乐回荡在清澈、辽阔的天空里。茫茫大地上,茅草在风中婀娜摇摆,轻声呢喃,成千上万只小翠鸟,用细细的爪子紧紧抓住正在开花的野草,吟唱着美妙的歌谣。

帕特和帕蒂嗅着风中的气息,欢快地嘶鸣。它们弓起脖子,用蹄子刨地,迫不及待地想要上路。爸吹着口哨爬上马车座位,拿起了缰绳。他低头一看,劳拉正仰面望着他,便停止了吹口哨,说道:"你也想去吗,劳拉?你和玛丽?"

妈说她们可以去。于是她们光着脚踩着车轮的辐条爬上了马车,跟爸一起坐在高高的车座上。帕特和帕蒂脚步跳跃地上了路,马车在爸的车轮压出的小路上颠簸行走。

他们穿行在裸露的、赤褐色的地上,雨水把那些泥土冲出了一道道沟壑。马车继续向前,穿过溪谷里绵延起伏的土地。几座圆圆的小山丘上覆盖着大片的树木,还有几座山丘上是开阔的草地。野鹿有的躺在树荫里,有的在阳光下悠闲地嚼着绿草。它们抬起头,竖起耳朵,站在那里一边吃草,一边用温柔的大眼睛注视着马车。

一路上,野生的飞燕草开出粉红色、蓝色和白色的花朵,小鸟栖息在秋麒麟的黄绒毛上,蝴蝶翩翩飞舞。星光点点的雏菊给树荫增添了亮色,松鼠在头顶的树枝上叽叽喳喳,白尾巴的野兔蹦蹦跳跳从路上跑过,蛇感到马车驶来的震动便迅速地爬走了。

溪谷的最深处,小溪在悬崖的阴影里潺潺流淌。劳拉抬头打量那些悬崖,根本看不见大草原上的茅草。泥土崩塌的地方,生长着一些树木,在险峻陡峭、树木难以生长的地方，灌木丛用自己的根紧紧巴住泥土。那些根有一部分裸露在外，比劳拉的脑袋还要高出许多。

"印第安人的营地在哪儿呢？"劳拉问爸。爸在这些悬崖间看见过被印第安人遗弃的营地。可是现在爸太忙了，顾不上去找它们。爸必须搜集造壁炉的石头。

"你们小姑娘自己玩吧，"爸说，"但是不许离开我的视线，也不许到水里去。别去招惹蛇。这里的有些蛇是有毒的。"

劳拉和玛丽就在小溪边玩耍。爸把他需要的石头刨出来，搬到马车上。

劳拉和玛丽注视着水里的昆虫在镜子般的水面一掠而过。她们顺着岸边奔跑，吓唬那些青蛙，看到穿着绿上衣、白马甲的青蛙扑通扑通跳进水里，她们乐得哈哈大笑。她们倾听林鸽在树丛间欢叫，褐色的画眉鸟儿啾啾歌唱。她们看见小鲤鱼在小溪的浅水处游来游去，潺潺的流水波光粼粼。在颤动的水面上，鲤鱼像一道道纤细的灰影子，阳光间或照在一条鲤鱼银白色的肚子上，倏忽一闪。

溪谷里没有风。四下里暖暖的、静静的，令人昏昏欲睡。空气里弥漫着潮湿的树根和泥浆的气味，充斥着树叶的沙沙声和流水的哗哗声。

在泥泞的地方，布满了野鹿的足迹，每个蹄印里都积了一汪水，一群群蚊子飞起来，嗡嗡的声音不绝于耳。劳拉和玛丽拍打着脸上、脖子上和手脚上的蚊子,真希望能到水里去玩耍。她们太热了,而溪水看上去那么清凉。劳拉认为,趁爸背对着她们的时候,把一只脚伸到水里去不会有什么事的,她差点儿就这么做了。

"劳拉。"爸说,劳拉赶紧把那只不听话的脚缩了回来。

"小姑娘们,如果你们想蹚水玩儿,"爸说,"可以在那片浅水里。别让水超过你们的脚脖子。"

玛丽只蹚了一会儿。她说泥沙硌疼了她的脚,然后她就坐在一根木头上,烦躁地拍打蚊子。劳拉一边拍打,一边继续蹚水。她往前迈步的时候,脚底被泥沙硌得生疼。她站住不动,一群小鲤鱼游到她的脚趾周围,用它们的小嘴轻轻地啃。那种痒痒的感觉真滑稽。劳拉很想抓住一条鲤鱼,她试了一次又一次,却只是弄湿了自己的裙摆。

马车上装满了石头,爸喊道:"走喽,姑娘们!"于是她们又爬到车座上,离开了小溪。马车又一次穿过树林,翻过山丘,驶向高原。那里总是刮着风,茅草似乎在唱歌、低语和欢笑。

她们在溪谷里玩得很开心,但劳拉还是最喜欢高原。高原这么开阔、美丽、干净。

那天下午,妈坐在房子的阴凉处做针线活儿,小宝宝卡瑞坐在她旁边的被子上玩耍,劳拉和玛丽看爸造壁炉。

爸先在野马饮水的桶里，把泥土和水搅拌成漂亮的黏稠的泥浆。他让劳拉搅拌泥浆，自己在房子墙边清理出的空地三面围了一排石头。他用木铲把泥浆抹在石头上，又在泥浆里再码上一排石头，并在石头的顶部、底部和内测均匀地抹上一层泥浆。

爸在地上搭了一个小棚屋。棚屋的三面是石头和泥浆，第四面就是房子的木头墙壁。

爸用更多的石头、更多的泥浆把棚屋砌得齐到劳拉的下巴。他在墙上贴近房屋的地方，放了一根木头，在木头的上上下下都抹了泥浆。

爸在那根木头上用泥浆垒砌石头。他是在砌烟囱了，烟囱越往上砌得越小。

爸还要到小溪那儿去弄石头。劳拉和玛丽不能再去了，因为妈说潮湿的空气会让她们发烧。玛丽坐在妈的身边，缝她那条九块补丁组成的被子。劳拉又搅拌出一桶泥浆。

第二天，爸把烟囱砌得有房子的墙壁那么高了。他站在那里打量着，把手指插进自己的头发。

"你看上去像个野人，查尔斯，"妈说，"你把头发弄得全都竖起来了。"

"它本来就是竖着的，卡罗琳。"爸回答道，"当年我向你求婚的时候，不管抹多少熊油，它都不肯平趴

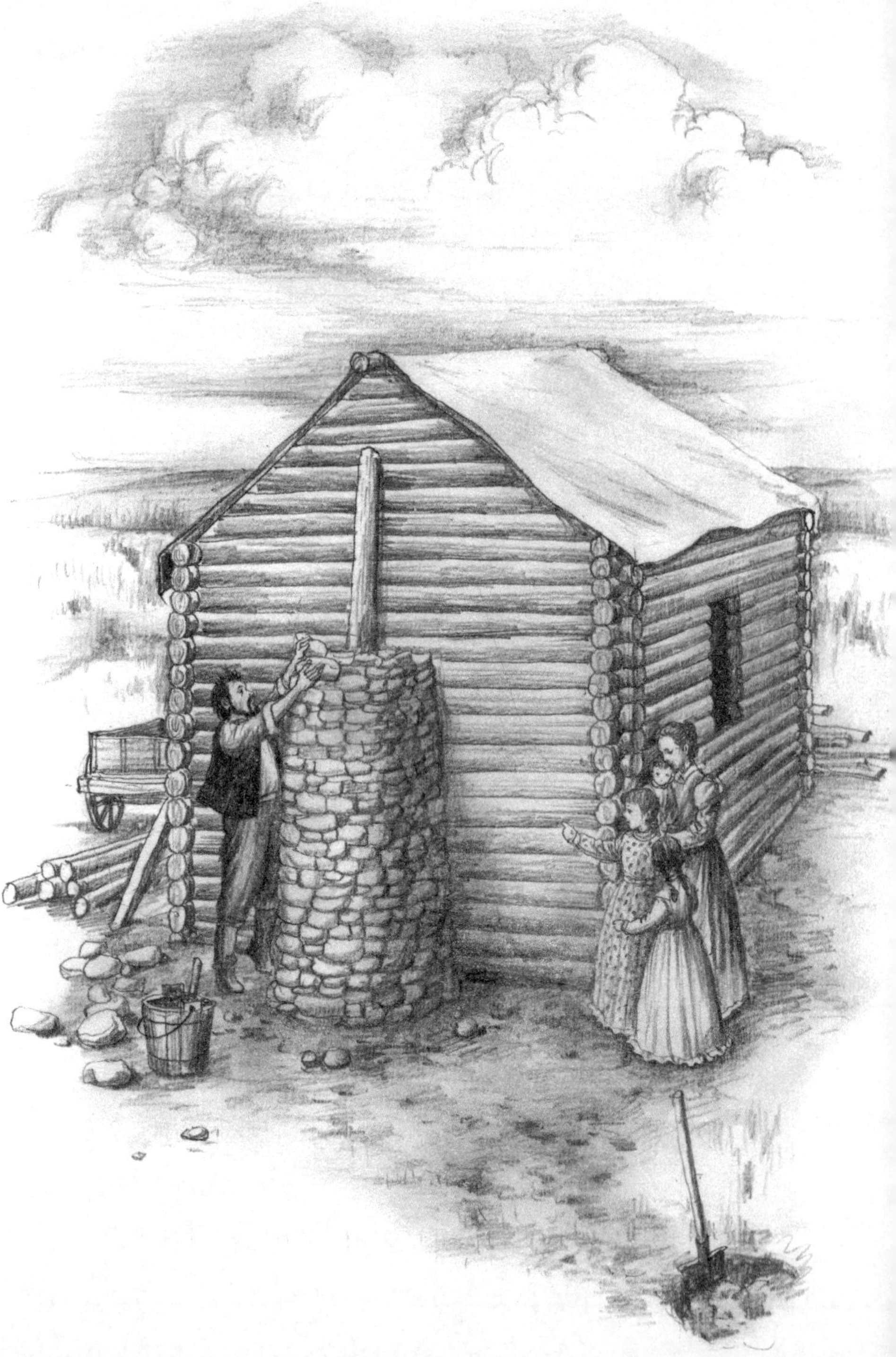

下来。"

爸一下子躺倒在妈脚下的草地上。"我实在是累坏了,在那里搬了那么多石头。"

"你一个人把烟囱砌得那么高,真是不简单。"妈说。她用手抚弄爸的头发,头发翘得更厉害了,"剩下来的就用粘黏的办法吧?"她问爸。

"对,那样会轻松一些,"爸承认道,"我绝对相信这一点。"

爸一跃而起。妈说,"哦,在阴凉地里再歇一会儿吧。"爸摇了摇头。

"还有活儿要干呢,可不能在这里犯懒,卡罗琳。早点儿把壁炉造好,你就能早点儿在屋里做饭,不被风吹着。"

爸从树林里拉来一些小树苗,砍砍削削,把它们一根压一根地摞在石头烟囱的顶上,就像盖房子的木头墙壁那样。他一边把树苗摞起来,一边用泥浆把它们全部糊起来。就这样,烟囱造好了。

爸走进屋里,用斧子和锯子在墙上开了个洞。他把烟囱底部第四面墙上的木头砍掉,就形成了壁炉。

壁炉很大,劳拉、玛丽和小宝宝卡瑞全坐进去都绰绰有余。壁炉底部是泥土地,爸已经把野草清除掉了。壁炉前面是爸砍掉木头形成的空间。空间顶部就是那根涂满泥浆的木头。

壁炉两侧,爸在砍开的木墙边缘各钉了一块厚厚的绿色橡木板。他还在壁炉的左上角和右上角往墙里钉了橡木块,并在橡木块上架了一块橡木板,牢牢钉住。这就是壁炉架。

壁炉架刚做好,妈就把她从大森林里带来的那个小女瓷人放在中间。小女瓷人千里迢迢地来到这里,居然没有碎。它站在壁炉架上,脚上穿着小瓷鞋,身上穿着宽摆的瓷裙子和紧身的瓷胸衣,红扑扑的面颊、蓝莹莹的眼睛和金黄色的头发也都是瓷做的。

爸、妈、玛丽和劳拉站在那里欣赏壁炉。只有卡瑞对它不感兴趣。她指着小女瓷人大声尖叫,玛丽和劳拉告诉她,除了妈谁都不能碰它。

"你用火的时候一定要当心,卡罗琳。"爸说,"可不能让火星蹿到烟囱里去,把房顶给点着了。帆布烧起来是很快的。我要尽快劈出一些木板,把房顶盖起来,那样你就不用担心了。"

妈小心地在新壁炉里生了一小堆火,烤了一只草原鸡做晚饭。那天晚上,一家人是在屋里吃的晚饭。

他们坐在西边窗口的桌子旁。爸已经三下五除二地用两块橡木板做了一张桌子。木板的一头插在墙壁的缝隙里,另一头搭在几根短短的木桩上。爸用斧子把木板削得很平,妈在上面铺了一块桌布,桌子看上去就很漂亮了。

椅子就是敦敦实实的大木疙瘩。妈用那把柳条扫帚把泥土的地面扫得干干净净。床放在墙角的地上，铺着拼缝的被子，整齐而清爽。夕阳的余晖透过窗户照进来，房子里充满了金色的柔光。

外面，风在刮，野草在摇摆，一直延伸到遥远遥远的粉红色天边。

屋里，温暖舒适。劳拉在吃喷香的烤鸡，美味无比。她的手和脸都洗干净了，头发也梳得很整齐，脖子上系着餐巾。她端端正正地坐在圆木疙瘩上，像妈教她的那样，优雅地使用着刀叉。她一句话也没说，因为小孩子吃饭时不许说话，除非大人有话要问。她只是看着爸、妈、玛丽和坐在妈腿上的小宝宝卡瑞，觉得心里无比满足。多好啊，又能住在房子里了。

第十章
屋顶和地板

每天从早到晚，劳拉和玛丽都很忙碌。碗碟洗好了，床铺好了，还有那么多事情要做，那么多东西要听、要看。

她们在高高的茅草丛中寻找鸟窝，找到后，鸟妈妈总是呱呱叫着责骂她们。有时她们轻轻抚摸鸟窝，一眨眼，刚才还昏昏欲睡的鸟突然冒出那么多张开的小嘴巴，饥饿地呱呱叫着。这时鸟妈妈会疯了一样破口大骂，玛丽和劳拉就赶紧悄悄地溜走，因为她们不愿意让鸟妈妈太担心。

她们像老鼠一样静静地躺在高高的茅草丛中，注视着一群群草原小鸡崽围着鸡妈妈跑来跑去，东啄西啄。鸡妈妈焦急不安地咕咕叫着，身上褐色的羽毛溜光水滑。她们注视着花斑蛇在草根边蜿蜒游过，或者一动不动地躺在那里，只有跳动的小舌头和闪烁的眼睛才显示它们还活着。它们是束带蛇，不会咬人，但是劳拉和玛丽也不敢去摸。妈说最好别去招惹蛇，有的蛇会咬人，还是保险一点儿好，免得到时候后悔都来不及。

有时，草原上会出现一只大灰兔，在一簇野草的光与影中静止不动，你差点儿就要碰到了才突然看见它。如果你一声不出，非常安静，就可以站在那里长时间地看着它。而兔子那圆溜溜的眼睛就那样痴痴地盯着你。它的鼻子抽动着，一对长耳朵被阳光映成了玫瑰色，里面有纤细的血管，耳朵边缘还有最最柔软的短绒毛。它身上其他部位的毛都是又松又密。最后你终于忍不住了，非常小心地，伸手去摸摸它。

像一道闪电，野兔不见了，它刚才蹲的地方空空的、平平的，还留着它屁股上的热乎气儿。

当然啦，小宝宝卡瑞时时刻刻都需要劳拉或玛丽照料，除了睡午觉的时候。那时她们就坐下来享受阳光和风，最后劳拉忘记了宝宝在睡觉，跳起来边跑边喊，妈便会走到门口，说道："天哪，劳拉，你非得像印第安人那样嚷嚷吗？"妈说，"你们这两个姑娘看上去越来越像印第安人！我叫你戴上草帽，你怎么就不听呢？"

爸在房子的墙头开始盖房顶。他低头看着她们，哈哈大笑。

"一个小印第安人，两个小印第安人，三个小印第安人，"他轻声唱道，"不对，只有两个。"

"加上你就是三个了，"玛丽对他说，"你也晒黑了。"

"但你不是小孩儿，爸。"劳拉说。"爸，我们什么时候才能看见帕普斯？"

"天哪！"妈惊呼道，"你为什么这么想看到印第安小孩儿？快把草帽戴上，忘记这些无聊的事情。"

劳拉的草帽耷拉在背后。她一拽帽绳，帽檐儿就跑到她的脸颊前面了。戴上草帽，只能看见前面的东西，所以她总是把草帽推到背后，让脖子上的绳子挂着它。听到妈吩咐，她把草帽戴上了，但心里并没有忘记帕普斯。

这里是印第安人居住区，她不明白为什么看不见印第安人。不过她知道早晚会看见的。爸是这么说的，她等了这么长时间，已经不耐烦了。

爸已经把屋子上的马车帆布掀掉，准备安屋顶了。许多天，他一直从溪谷往回拉木头，并且把木头劈成长长的薄木板。现在屋子周围码了好几堆木板，还有一些木板靠在墙上。

"快从屋里出来，卡罗琳。"爸说，"我可不能冒险，让东西掉下去砸到你或卡瑞。"

"等等，查尔斯，让我把小陶瓷牧羊女拿走。"妈回答道。她很快就出来了，拿着她的针线活儿和一床被子，抱着小宝宝卡瑞。妈把被子铺在马厩旁树荫下的草地上，坐在那里缝缝补补，看着卡瑞玩耍。

爸探身下来，抽了一块木板。他把木板架在屋梁上，边缘比墙宽出来一点儿。然后爸把几颗钉子含在嘴里，从腰袋里拔出锤子，开始用钉子把木板往屋梁

上钉。

　　钉子是爱德华兹先生借给他的。他们俩都到树林子里去砍木头，就碰上了。爱德华兹先生一定要把钉子借给爸盖屋顶。

　　"这样的邻居就是好样的！"爸跟妈讲起这件事的时候，这样说道。

　　"是啊。"妈说，"但是我不喜欢欠人家东西，哪怕是最好的邻居。"

　　"我也不喜欢。"爸回答，"我还从没欠过别人东西呢，以后也不会。不过邻居互相关照是另一回事，我只要能去一趟独立镇，就会把钉子一颗不少地还给他。"

　　此刻，爸小心地把嘴里的钉子一颗颗取出来，砰砰砰地砸进木板里。这可比在木板上钻洞，再把木钉子敲进洞里快多了。可是，时不时地，锤子砸下去时，钉子会从坚硬的橡木上蹦出来，如果爸抓得不紧，钉子就飞到空中去了。

　　这时候玛丽和劳拉就盯着掉落的钉子，然后在草丛里把它找出来。有时候钉子被砸弯了，爸就仔细地把它重新敲直。钉子很珍贵，一颗都不能丢失或浪费。

　　爸钉好两块木板后，就爬到木板上去。他把更多的木板放上去钉好，最后到了屋梁的顶部。每块木板都搭在下面一块木板的边缘。

　　然后，爸又开始从屋子的另一边钉木板，一直钉到屋梁的顶部。最高处的木板间有一道窄窄的缝隙，爸就用两块木板做了一个小水槽，他把水槽倒扣在缝隙上，用钉子钉牢。

屋顶盖好了。屋里比以前暗，因为没有亮光从木板间透进来。整个屋顶一道裂缝也没有，雨水打不进来。

"你干得真漂亮，查尔斯。"妈说，"头顶上有一个结实的屋顶，我心里就踏实多了。"

"你还会有家具，我会尽量拿出我的手艺来。"爸回答，"等地板一铺好，我就做一个床架。"

爸又开始拉木头。日子一天天过去，他每天都拉回木头，没有停下手专门去打猎。他把枪带在马车上，赶车时随手打点儿野味，晚上拿回家来。

拉回来的木头够铺地板了，爸开始把它们劈开。他把每根木头从中间一劈两半。劳拉喜欢坐在木头堆上看着爸。

爸先用斧子使劲一劈，把木头顶部劈开，往裂缝里塞进一个铁做的楔子！然后把斧子从木头里拔出来，把楔子往裂缝里砸，越砸越深。坚硬的木头渐渐劈开了。

爸要把那根粗壮的橡木劈到底。他将斧子插进裂缝，又往裂缝里塞进一些木块，把铁楔子往前推进，一点点地，让裂缝贯穿整根木头。

爸高高抡起斧子，胸膛里发出一声闷哼"嗨！"大力地劈了下去。斧子带起一阵风，砰！总是正好落在爸希望的地方。

　　最后，随着一阵吱吱嘎嘎的爆裂声，整个木头都裂开了。木头一分为二躺在地上，露出里面浅色的纹理和深色的年轮。爸擦了擦额头上的汗，重新握住斧子，又去对付另一根木头。

　　有一天，最后一批木头也劈开了，第二天早晨爸就开始铺地板。他把木头拖进屋子，一根挨一根地摆在地上，平的那面朝上。他用铲子刮掉下面的泥土，让木头圆的那一面稳稳地固定在地上，再用斧子砍去树皮，把木头削直，一根根木头就能互相紧贴，中间几乎不留缝隙。

　　然后，爸用手抓住斧子的头儿，非常小心地轻轻把木头砸平。他眯起眼睛打量木头，看表面是不是平直，偶尔清除掉最后一点儿瑕疵。最后，他用手抚摸着光滑的木头，点了点头。

　　"一根木刺也没有！"他说，"光脚丫在上面跑来跑去没问题。"

　　他把那根木头稳稳地放好，再去拖第二根木头。

　　铺到壁炉那儿时，用的是比较短的木头。他在壁炉前面留了一块泥土地，这样炉子里的火星或煤块跳出来时，就不会把地板烧着。

　　那一天，地板终于铺好了。光滑、硬实、稳当，用结实的橡木做成的上好的地板，用爸的话说，能用千秋万代。

屋顶和地板

"用半圆木料铺的好地板永远踩不坏。"爸对妈说，妈说真高兴终于摆脱了泥土地。她把小瓷女放在壁炉架上，在桌子上铺了一块红格子布。

"瞧，"妈说，"现在我们又过上文明人的生活了。"

之后，爸又填补墙上的裂缝。他把细细的木条塞进墙缝，再用泥浆抹平，把每道裂缝都堵得严严实实。

"干得不错，"妈说，"堵上裂缝，外面的风不管刮得多厉害，都透不进来了。"

爸停住吹口哨，笑嘻嘻地看着妈。他把最后一点儿泥浆塞进墙上的木缝间抹平，把桶放在地上。房子总算彻底完工了。

"真希望有玻璃安在窗户上。"爸说。

"我们不需要玻璃，查尔斯。"妈说。

"不管怎样，如果今年冬天打猎的收获不错，开春就到独立镇去买一些玻璃。"爸说，"开销真大呀！"

"如果能买得起玻璃，肯定是很漂亮的。"妈说，"到时候看情况吧。"

那天夜里全家都很高兴。壁炉里的火令人感到温馨，在大草原上，即使夏天夜里也是凉爽的。红格子布铺在桌上，小瓷女亮晶晶地站在壁炉架上，新铺的地板在摇曳的火光中金灿灿的。屋外，辽阔的夜空群星闪烁。爸在门口坐了很长时间，一边拉小提琴，一边唱歌给屋里的妈、玛丽和劳拉听，给外面的星夜听。

第十一章
屋里的印第安人

一大清早,爸就拿着枪出去打猎了。

那天爸本来打算做床架的。他已经把木板搬进屋里,但妈说午饭没有肉吃了。于是爸就把木板靠在墙上,取下了他的枪。

杰克也想去打猎。它用眼睛恳求爸带它去,呜咽声从它的胸膛里发出,在嗓子眼儿里颤抖,最后劳拉差点儿跟它一块儿哭起来。可是爸用链条把杰克拴在了马厩旁。

"好了,杰克,"爸说,"你必须留在这里,看家护院。"然后爸对玛丽和劳拉说,"闺女们,别把它放开。"

可怜的杰克躺了下来。被拴是一件丢脸的事,它感到深深的耻辱。它转过脑袋,不去看爸扛着枪远去的身影。爸越走越远,最后大草原把他完全吞没了。

劳拉想安慰杰克,可是杰克怎么也开心不起来。它越想那根铁链,就越觉得难受。劳拉想鼓动它跳起来玩耍,它却只是越发闷闷不乐。

玛丽和劳拉看到杰克这么不开心,都觉得不能把它独自撇下。整个上午,她们都待在马厩旁。她们摸摸杰克光滑的、带花纹的脑袋,挠挠它的耳朵周围,并且告诉它,不得不把它拴起来,她们也感到很难过。杰克舔舔她们的手,但还是很忧伤、很生气。

杰克把脑袋趴在劳拉的膝头,劳拉正在跟它说话,突然,杰克站了起来,发出一声恶狠狠的低吠。它脖子后面的毛都竖了起来,眼睛红红的冒着凶光。

劳拉吓坏了。杰克以前可从没有对她凶过。她扭头循着杰克的目光望去,看见两个没穿衣服的野人,在那条印第安人的小路上一前一后地走来。

"玛丽!快看!"劳拉喊道。玛丽也看见了那两个人。

他们又高又瘦,面相凶狠,皮肤是赤褐色的,头顶像一座山峰,山峰顶上一簇头发直直地竖起来,上面插着羽毛。他们的眼睛漆黑、静止,闪闪发亮,像蛇的眼睛一样。

他们越走越近,转到房子后面不见了。

劳拉转过脑袋,玛丽也转过脑袋,等着看那两个可怕的人从房子另一边走出来。

"印第安人!"玛丽轻声说。劳拉身子发抖,腹部有一种异样的感觉,两条腿有点儿发软。她想坐下来,但还是站在那里,等着那两个印第安人从房子后面转过来。然而印第安人没有出来。

杰克一直汪汪叫个不停。此刻它停住嘴,使劲挣着铁链。它眼睛通红,嘴唇往后咧着,背上的毛全都竖了起来。它一次次地腾空跃起,想挣脱那根铁链。劳拉庆幸铁链让杰克留在自己身边。

"杰克在这儿呢,"她低声对玛丽说,"杰克不会让他们伤害我们的。只要待在杰克身边,我们就没有危险。"

"他们在屋里呢。"玛丽轻声说,"他们和妈、卡瑞一起在屋里呢。"

这下劳拉全身都开始哆嗦了。她不知道那两个印第安人把妈和小宝宝卡瑞怎么样了。屋子里没有一点儿动静。

"哦,他们把妈怎样了!"她压低声音尖叫。

"哦,我不知道!"玛丽轻声说。

"我要把杰克放开,"劳拉声音嘶哑地低语,"杰克会把他们咬死的。"

"爸说过不行。"玛丽回答。她们害怕极了,不敢大声说话，把脑袋凑在一起，望着屋子，窃窃私语。

"爸不知道印第安人会来。"劳拉说。

"爸说不许放开杰克。"玛丽快要哭了。

劳拉想到小宝宝卡瑞和妈跟那两个印第安人一起关在屋里。她说："我要去帮妈！"

她跑了两步，走了一步，然后转身奔回到杰克身边。她死命地紧紧搂住杰克，搂住它粗壮的、喘着粗气的脖子。杰克不会让任何东西来伤害她的。

"我们不能把妈一个人留在屋里。"玛丽轻声说。她一动不动地站着，瑟瑟发抖。玛丽害怕的时候就不会动弹了。

劳拉把脸埋在杰克身上，拼命抱着它。

然后，她松开胳膊，双手捏成拳头，眼睛闭得紧紧的，以最快的速度拔腿朝屋里跑去。

她脚下一绊，摔倒在地，眼睛猛地睁开。她不让自己多想，赶紧爬起来继续往前跑。玛丽紧紧跟在后面。跑到门口，门是开着的，她们悄没声儿地进了屋。

那两个没穿衣服的野人站在壁炉旁。妈在炉子前弯腰做吃的。卡瑞用两只手揪着妈的裙子，脑袋藏在裙摆的褶缝里。

劳拉朝妈跑去，刚跑到壁炉前的泥土地上，就闻到一股特别难闻的气味，于是抬头看着那两个印第安人。她像闪电一样躲到了靠在墙上的那块窄长的木板后面。

木板的宽度正好能挡住她的两只眼睛。如果她脑袋保持不动，鼻子贴着木板，就看不见印第安人。她觉得安全一些了，可是她忍不住把脑袋微微探出去一点儿，用一只眼睛朝外张望，这样就能看见那两个野人了。

她先看见了他们的鹿皮鞋，然后是瘦瘦的、赤裸着的红褐色长腿。每个印第安人腰间都系着一条皮腰带，前面挂着一只小动物的皮毛。皮毛是黑白条纹的，那是新鲜臭鼬的皮。劳拉这下知道臭味儿是从哪儿来的了。

每张臭鼬皮里插着一把爸用的那种刀子，一把爸用的那种短柄斧子。在印第安人赤裸的胸膛上，肋骨根根毕现。他们的手臂抱在胸前。最后，劳拉又看了一眼他们的脸，便赶紧躲到木板后面去了。

他们的脸粗糙、凶狠，看着就吓人；黑眼睛亮闪闪的。高高的额头上和耳朵上面本来应该有头发的，但两个野人没有。只是头顶上有一簇竖起的头发，用带子缠着，上面插着羽毛。

当劳拉再次从木板后面探头张望时，两个印第安人都直直地盯着她。她的心一下子跳到嗓子眼儿，连气儿都喘不过来了。印第安人亮晶晶的黑眼睛与她对视着。他们没有动弹，脸上的肌肉都纹丝不动，只有眼睛朝她闪烁着亮光。劳拉也没有动，甚至连呼吸都不敢。

一个印第安人的喉咙里发出两声嘶哑短促的声音，另一个也出了一声，听着像是"哈！"的声音，劳拉赶

屋里的印第安人

紧把眼睛又藏到了木板后面。

她听见妈掀开了烤箱的盖子,听见印第安人蹲坐在壁炉前的地上。过了一会儿,她听见他们在吃东西。

劳拉偷看一眼,缩回来,再偷看一眼,印第安人在吃妈烤的玉米饼。他们吃得一点儿不剩,还把掉在地上的碎屑也捡起来吃掉了。妈站在那里看着他们,一边抚

摩着卡瑞的脑袋。玛丽站在妈的身后，抓着妈的袖子。

劳拉隐约听见杰克的铁链哐啷啷作响。杰克还在拼命想挣脱出来。

最后一点儿玉米饼的碎屑也吃完了，印第安人站了起来。他们一走动，臭鼬的气味更强烈了。一个印第安人喉咙里又发出一些嘶哑的声音。妈用大眼睛望着他，什么也没说。印第安人转过身，另一个印第安人也转过身，踩着地板走出了屋门。他们脚下没有发出一点儿声音。

妈长长地舒了一口气。她用一只胳膊紧紧搂着劳拉，另一只胳膊紧紧搂着玛丽，三个人一起站在窗口，注视着两个印第安人在那条模糊的印第安小路上一前一后地往西走去。然后，妈在床上坐下，更紧地搂着劳拉和玛丽，浑身发抖。她的脸色很难看。

"妈，你觉得难受吗？"玛丽问妈。

"不。"妈说，"我只是庆幸他们走了。"

劳拉耸了耸鼻子，说："他们的气味真难闻。"

"他们身上挂着臭鼬皮。"妈说。

劳拉和玛丽告诉妈，她们怎么离开杰克，来到屋里，因为担心印第安人会伤害妈和小宝宝卡瑞。妈夸她们是她勇敢的小姑娘。

"现在我们得做午饭了。"妈说，"爸很快就要回来，必须把午饭做好了等他。玛丽，给我搬些柴火进来。劳拉,你摆桌子。"

妈卷起袖子,洗了洗手,开始做玉米饼。玛丽把柴火搬进来,劳拉摆桌子。她给爸放了一个铁皮盘、一副刀叉和一个杯子,也给妈放了同样的一套,卡瑞的小铁皮杯放在妈的餐具旁边;然后她给自己和玛丽放了铁皮盘子和刀叉。她们只有一个杯子,放在两个盘子中间。

妈用玉米面和水揉成两个薄薄的半圆形玉米饼。她让饼子平的一侧互相贴在一起,把它们放进了烤箱,并用手按了按每个玉米饼表面。爸总是说,只要玉米饼上有妈的手印,他就不需要别的甜味剂了。

劳拉刚把桌子摆好,爸就回来了。他把一只大野兔和两只草原鸡放在门外,走进屋来,把枪挂在木钉上。劳拉和玛丽跑过去抱住他,同时抢着说话。

"怎么回事?怎么回事?"爸抚摩着她们的头发说,"印第安人?这么说,你们终于看见印第安人了,是吗,劳拉?我注意到他们在西边的小溪谷里扎营了。卡罗琳,印第安人进屋了吗?"

"进屋了,查尔斯,他们是两个人。"妈说,"对不起,他们把你的烟草都拿走了,还吃了很多玉米饼。他们指着玉米面,比画着让我做给他们吃。我不敢不做。哦,查尔斯!我当时真害怕!"

"你做得对。"爸对妈说,"我们可不能得罪了印第安人。"爸又说,"呸!什么味儿呀?"

"他们系着新鲜的臭鼬皮。"妈说,"除此之外没穿别的衣服。"

"他们在这里的时候,气味肯定很呛人。"爸说。

"没错,查尔斯。我们的玉米面也不多了。"

"哦,没关系。足够对付一阵的。漫山遍野都跑着我们的野味。别担心,卡罗琳。"

"可是他们把你的烟草都拿走了。"

"不要紧。"爸说,"在去独立镇之前,我可以不抽烟。最重要的是跟印第安人搞好关系。我们可不愿意夜里一觉醒来,看见一群尖声怪叫的……"

爸顿住了。劳拉真想知道他要说什么。可是妈的嘴唇抿得紧紧的,朝爸轻轻摇了摇头。

"来吧,玛丽,劳拉!"爸说。"妈烤玉米饼的时候,我们给兔子剥皮,把鸡肉腌起来。快!我已经饿得像头狼了!"

她们坐在阳光照着的木头堆上,看着爸用他的猎刀干活儿。大野兔眼睛中弹,草原鸡的脑袋都被打飞了。爸说,它们根本不知道是被什么打中的。

劳拉揪住野兔皮的边缘,爸用猎刀把它从兔肉上剥了下来。"我给这张皮子抹上盐,挂在墙外晾干。"爸说,"今年冬天可以给某个小姑娘做一顶暖乎乎的毛皮帽子。"

劳拉忘不掉那两个印第安人。她对爸说,如果她们把杰克放开，杰克肯定会把印第安人咬死的。

爸放下刀子。"姑娘们，你们想过要把杰克放开？"他用严厉的声音问道。

劳拉低下头，小声说："是的，爸。"

"我明明说过不许那么做的！"爸的声音更严厉了。

劳拉说不出话来，玛丽哽咽着说："是的，爸。"

爸沉默了一会儿。他像印第安人走后妈长舒一口气那样，也长长地叹了口气。

"以后，"爸说，声音严厉得可怕，"你们两个小姑娘一定要记住照大人的吩咐做，绝对不可以不听我的话，想都不许想。听见了吗？"

"听见了，爸。"劳拉和玛丽小声回答。

"如果你们把杰克放开，知道会发生什么吗？"爸问。

"不知道，爸。"她们轻声说。

"杰克就会咬那些印第安人，"爸说，"然后就会有麻烦，很可怕的麻烦。明白了吗？"

"明白了，爸。"她们回答。其实她们心里并不明白。

"他们会把杰克杀死吗？"劳拉问。

"是的。而且不仅如此。你们千万要记住：不管遇到什么事，都要听大人的话。"

"记住了，爸。"劳拉说。"记住了，爸。"玛丽说。她们都暗自庆幸没有把杰克放开。

"只要听大人的话，"爸说，"你们就不会遭殃。"

第十二章
喝到了清水

爸把床架做好了。

他把一些橡木板修得平平的，一根木刺也没有，然后用木钉把它们牢牢地钉在一起。四块木板构成一个箱子，里面放稻草垫子。爸在箱子底部绷了一根绳子，来回编成"之"字形，拽得紧紧的。

爸把床架一头稳稳地钉在房子的墙角。床只有一个角不靠墙。爸在这个床角竖了一块高高的木板，把木板跟床架钉在一起。他在手能够到的高度，在墙和高木板之间钉了两块板子。然后他爬上板子，把木板牢牢地钉在一根屋梁上。他在板子上又架了一层搁板，就在床的上方。

"成了，卡罗琳！"他说。

"我真想马上看到床铺好的样子。"妈说，"快帮我把稻草垫子搬进来。"

妈那天早晨就把草垫子填好了。高高的大草原上没有稻草，妈就在垫子里填满清爽干燥的枯草。枯草被阳光晒得暖乎乎的，散发着一股青草的芳香。爸帮妈把垫子搬进屋，放在床架里。妈把床单披好，在上面铺了她最漂亮的那床补丁被子。她把鸭绒枕头放在床头，上面铺了枕套。每只白色的枕套上都有两只红线勾勒的小小鸟。

然后，爸、妈、劳拉和玛丽站在那里看床。真是一张漂亮的床。用绳子绷成的床架比睡在地板上软乎多了。床垫里填满了香喷喷的草，被子铺得平平的，美丽的枕套挺括括地支棱着。搁板是存放东西的好地方。有了这样一张床，整个屋子的感觉顿时不一样了。

那天夜里，妈走到床边，躺到咔咔脆响的草垫上，对爸说："告诉你吧，我太舒服了，舒服得简直都有点儿不好意思享用了。"

玛丽和劳拉还睡在地上，不过爸一腾出手来就会给她们做一张小床。爸做了大床，还做了一个结实的碗柜，上面配了挂锁，如果印第安人再来，就不会把玉米面都拿走了。现在爸只需要再挖一口井，就能出发去镇上了。他必须先把井挖好,这样他不在家的时候,妈就不会缺水用。

第二天早晨,他在屋外墙角的草地上标出一个很大的圆圈,并用铲子把圆圈里的草皮割成一块块的,铲了出来。然后他开始挖土,越挖越深。

爸挖土的时候,玛丽和劳拉不能到井边去。后来她们看不见爸,只看见一铲又一铲的土飞出来。最后,铲子也飞出来,落到草丛中。接着爸出现了。他用双手抓住草皮,然后是一个胳膊肘,再是另一个胳膊肘。爸往上一发力,翻身出来。"已经挖得很深,我没法儿把土扔上来了。"他说。

他需要帮手了。于是他拿上枪,骑着帕蒂走了。回来的时候带了一只胖乎乎的野兔。他已经跟邻居司各特先生谈好了换工。司各特先生过来帮爸挖井,爸再去帮司各特先生挖井。

妈和劳拉、玛丽还没有见过司各特夫妇。他们的房子隐藏在草原上的一个小山谷里。劳拉曾看见袅袅炊烟从那里升起,仅此而已。

第二天日出的时候,司各特先生来了。他矮矮胖胖,头发被太阳晒得发白,皮肤红兮兮的,像鱼鳞一样剥落。他没有被晒黑,他在蜕皮。

"都怪这该死的太阳和风。"他说,"不好意思,夫人,但这日子过得,就连圣人也难免说点儿粗话。我在这里不停地蜕皮，差不多快变成一条蛇了。"

劳拉喜欢他。每天早晨，一洗好碗、铺好床，她就跑过去看司各特先生和爸挖井。太阳火辣辣，就连风也是滚烫的，草原上的茅草正在变黄。玛丽喜欢待在屋里缝她的补丁被子。可是劳拉喜欢明亮的光线，喜欢太阳和风，她怎么也不愿意离开那口井。但大人们不许她靠近井边。

爸和司各特先生做了一个结实的绞盘机，悬在井口，一根绳子上吊着两只桶，挂在绞盘机上。绞盘机转动时，一只桶下到井里，另一只桶升上来。早晨，司各特先生顺着绳子滑下去，在井里挖土。他往桶里装满土，爸把桶拉上来倒空，爸倒土倒得有多快，司各特先生就挖土挖得多快。吃过午饭，爸顺着绳子下到井里，司各特先生负责把桶拉上来。

每天早晨，爸都要在一只桶里点一根蜡烛，放到井的底部，然后才让司各特先生顺着绳子下去。有一次，劳拉凑到井边，看见蜡烛在黑黢黢的井底烧得很亮。

这时爸说："看来没问题。"就把桶拉上来，把蜡烛吹灭。

"这都是白耽误工夫，英格尔斯，"司各特先生说，"昨天井里还是好好的。"

"这可是说不准的，"爸回答，"最好谨慎点儿，免得到时候后悔。"

劳拉不知道爸用那根蜡烛测试的是什么危险。她没有问,因为爸和司各特先生都忙着呢。她打算过后再问的,可是忘记了。

一天早晨,爸还在吃早饭,司各特先生就来了。他们听见他喊道:"嗨,英格尔斯!太阳出来了。走吧!"爸喝完咖啡,走了出去。

绞盘机吱吱嘎嘎响了起来,爸开始吹口哨。劳拉和玛丽在洗碗碟，妈在铺大床的被子。突然，爸不吹口哨了。她们听见他说："司各特！"他喊道，"司各特！司各特！"接着又喊，"卡罗琳！快来！"

妈从屋里跑了出去，劳拉也跟了过去。

"司各特好像在井下晕过去了。"爸说，"我得下去看看。"

"你把蜡烛放下去了吗？"妈问。

"没有。我以为他放了。我问他有没有问题，他说没问题。"爸把空桶从绳子上割下来，然后把绳子牢牢地系在绞盘机上。

"查尔斯，你不能下去。绝对不能。"妈说。

"卡罗琳，我必须下去。"

"不能。哦，查尔斯，不能！"

"不会有事的。我在下面屏住呼吸。我们不能眼看着他死在下面。"

妈口气凶狠地说："劳拉，退后！"劳拉就往后退了退。她背靠屋子站着，害怕得直哆嗦。

"不要，不要，查尔斯！我不能让你下去。"妈说，"骑上帕蒂去找人来帮忙。"

"来不及了。"

"查尔斯，如果我不能把你拉上来——如果你在底下昏过去，我没法儿把你拉上来——"

"卡罗琳，我必须下去。"爸说。他一步跨进井里，顺着绳子滑下去，脑袋看不见了。

妈蹲在井边，用手遮住阳光，盯着井向下看。

在茫茫的大草原上，云雀唱着歌儿飞向天空。风热乎乎地吹着，但是劳拉感到全身发冷。

突然，妈跳起来，抓住绞盘机的把手。她用全身的力气转动把手。绳子绷紧了，绞盘机吱嘎作响。劳拉本来以为爸在漆黑的井底昏了过去，妈没法儿把他拉上来。但是绞盘机开始一点儿一点儿地转动了。

爸的手伸上来抓住了绳子，另一只手也上来了，抓住绳子上面一点儿。接着，爸的脑袋出现了。他把胳膊肘撑在绞盘机上，手脚并用地爬到地面，坐在那里。

绞盘机一圈圈地转着，井底传来砰的一声。爸挣扎着要站起来，妈说："坐着别动，查尔斯！劳拉，拿点儿水来。快！"

劳拉撒腿就跑。她提着水桶匆匆跑回来。爸和妈都在转动绞盘机。绳子一圈圈地绕上来，那只桶从井里出现了，被绳子拴在桶上的是司各特先生。他的胳膊、腿和脑袋都耷拉着，轻轻晃动，嘴巴微微张开，眼睛半睁半闭。

爸把他拖到草地上，给他翻了个身。司各特先生就那样毫无生气地躺着。爸摸摸他的手腕，听听他的胸口，然后在他身边躺下。

"还有气儿。"爸说，"到了露天里，他就不会有事了。我也没事,卡罗琳。我只是累坏了,别的没什么。"

"好吧!"妈骂道,"我早就应该知道你没事!搞出这种莫名其妙的事情!仁慈的上帝啊,简直要把人吓死。就不能动动脑子,当心一点儿!上帝啊!我——"妈用围裙捂住脸,放声大哭。

那真是可怕的一天。

"我不要井了。"妈哭着说,"不值得。我再也不让你这样拿生命当儿戏!"

司各特先生吸进了地底深处的某种气体。那种气体比空气重,所以沉淀在地底下。它看不见也闻不出,但吸多了就会送命。爸下到那种气体里,把司各特先生绑在绳子上,把他从那种气体里拉了上来。

司各特先生缓过来之后就回家了。他走之前对爸说:"你那个放蜡烛的做法是对的,英格尔斯。我以为那是瞎耽误工夫,不肯费事,现在我知道自己错了。"

"是啊,"爸说,"如果烛光熄灭,就知道有危险。我希望尽量做到安全第一。不过还好,总算是有惊无险。"

爸歇了一会儿。他也吸进了一点儿那种气体,想要休息休息。下午,他从麻袋上拆了一根线,又从装火药的牛角里倒出一点儿火药。他用一块布包住火药,麻绳的一头儿埋在火药里。

"过来,劳拉,"爸说,"我让你看点儿东西。"

他们来到井边。爸把麻绳的另一头儿点着,等火苗迅速往上爬时,把小火药包扔进井里。

一分钟后,他们听见一声沉闷的"砰"!井里冒出一股烟。"这样就把毒气赶出来了。"爸说。

烟消散后,爸让劳拉点亮蜡烛,站在他身边,看他把蜡烛放到井里。蜡烛慢慢降落到黑黢黢的井洞里,一直像星星一样闪亮。

第二天,爸和司各特先生继续挖井。每天早晨他们都要把蜡烛放下去看看。

井里开始出水了,但还不多。拖上来的桶里装满泥浆,爸和司各特先生就在越来越深的泥浆里干活儿。早晨蜡烛放下去的时候,照亮了湿漉漉的井壁,水桶碰到井底时,水面映出一圈圈烛光。

爸站在齐膝深的水里,把水一桶桶地舀出来,然后才能在泥浆中开始挖掘。

又一天,他正挖着,井里突然发出一声巨响。妈从屋里跑出来,劳拉跑到井边。"快拉,司各特!快拉!"爸喊道。井底下传出哗哗的流水声和冒泡声。司各特先生用最快的速度转动绞盘机,爸拉着绳子,双手交替着爬了上来。

"肯定是泥土塌陷!"爸喘着气说。他跨到地面上,满身都是泥浆和水。"我正在使劲用铲子挖,突然铲子往下一塌，整个铲子都陷下去了，水一下子在我周围涌上来。"

"这根绳子下面湿了整整六英尺呢。"司各特先生说着，把绳子卷上来，满满一桶水。"英格尔斯，你还算聪明，双手交替着爬上来。如果光靠我拉，可赶不及水涌上来的速度。"接着司各特先生一拍大腿，喊道："我敢肯定你没把铲子拿上来！"

果然，爸把他的铲子留在井底了。

过了一会儿，井里的水就几乎满了。一小片圆圆的蓝天躺在地底下不远的地方。劳拉往下看的时候，一个小姑娘正在井里朝她张望。劳拉挥挥手，水面也有一只手在挥。

井水清澈凉爽。劳拉觉得没有什么比痛痛快快喝几大口井水更美味的了。爸再也不用从小溪打来那些温吞吞的死水了。爸在井上盖了个结实的井台，留一个洞让水桶通过，洞上加了沉甸甸的盖子。劳拉绝对不许碰井盖。但不管什么时候，只要她和玛丽渴了，妈就会掀开井盖，从井里打上来一桶凉凉的清水。

第十三章
德克萨斯长角牛

一天晚上,劳拉和爸坐在门口。没有风,月亮照着茫茫的大草原。爸轻轻拉着小提琴。

他让最后一个音符颤抖着飘向很远很远,消融在皎洁的月光里。一切都是那么美丽,劳拉希望这一刻永远不要结束。可是爸说,小姑娘们该睡觉了。

这时,劳拉听见远处有一种奇怪而低沉的声音。"什么声音!"她说。

爸听了听。"天哪,是牛!"他说,"肯定是到北方道奇堡去的牛群。"

劳拉脱掉衣服,换了睡衣站在窗口。夜晚静静的,没有风，草叶儿纹丝不动。她听见那种声音隐隐约约从远处传来，像是雷声，又像是歌声。

"是在唱歌吗，爸？"她问。

"是的，"爸说，"是牛仔在唱歌哄牛群睡觉。好了，快跳到床上去，你这个小坏蛋！"

劳拉想着躺在月光下大地上的牛群，想着轻轻吟唱催眠曲的牛仔。

第二天早晨，劳拉跑出屋子，就看见马厩旁边有两个骑马的陌生人，正在那里跟爸说话。他们的皮肤像印第安人一样黑里透红，眼睛眯着，窄得像一道缝儿。他们腿上绑着皮护膝和踢马刺，头上戴着宽檐儿帽，脖子上扎着手帕，屁股后面挂着手枪。

他们对爸说："再会啦。"又对他们的马说，"嘿！驾！"就嘚嘚地骑马走了。

"运气真不错！"爸对妈说。那两个人是牛仔。他们想要爸帮助照看牛群，不让牛掉到溪谷的悬崖里去。爸不收他们的钱，但是对他们说想要一块牛肉。"你觉得一块上好的牛肉怎么样啊？"爸问。

"哦，查尔斯！"妈说，两只眼睛放出亮光。

爸把他最大的那条手帕系在脖子上。他给劳拉示意怎么把手帕拉上来捂住鼻子和嘴巴，遮挡灰尘。然后，他就骑上帕蒂顺着那条印第安小路走了。劳拉和妈看着他在视线里消失。

一整天，太阳都火辣辣地照着。热风一阵阵地吹，牛群的声音越来越近了。牛在哞哞地叫，声音含混而忧伤。中午，地平线那儿腾起了灰尘。妈说是无数头牛把草踩平，扬起了大草原上的尘土。

太阳落山的时候，爸骑马回来了，满身是灰。他的胡子里、头发里、眼皮的皱褶里都是灰，衣服上也落满了尘土。他没有带回牛肉，因为牛群还没有通过小溪。牛群走得很慢，一边走一边吃草。它们必须吃大量的草，养得胖胖的，才能到城镇去被人宰了吃。

那天夜里爸没说几句话，也没拉小提琴。他吃过晚饭就上床睡觉了。

牛群已经离得很近了，劳拉可以清楚地听见它们的声音。天黑以后，哀婉的哞哞叫声还在大草原上回荡。后来，牛群安静了，牛仔开始唱歌。他们唱的不是催眠曲，而是高亢、寂寞、悲伤的歌，听上去简直像狼群在号叫。

劳拉没有睡着，躺在床上听那寂寞的歌声在黑夜里飘荡。从遥远的地方传来狼群的号叫。偶尔，牛哞哞地叫几声，牛仔的歌声一直没有停，在月光下忽高忽低，充满了悲伤。家里人都睡着后，劳拉悄悄地来到窗口，看见黑黢黢的大地上有三点火光，像红眼睛一样闪闪烁烁。头顶上的夜空浩瀚、沉静，月光朦胧。孤独的歌声似乎在向月亮发出恳求。劳拉听了觉得喉头发酸。

德克萨斯长角牛

第二天,劳拉和玛丽从早到晚都在往西边眺望。她们远远地听见牛叫,还看见尘土飞扬。有时,她们隐约听见一两声尖厉的叫喊。

突然，十几只长角牛从草原上冲过来，就在离马厩不远的地方。它们是从一道通向下面溪谷的水沟里出来的。它们的尾巴竖着，凶猛的牛角左右摇摆，蹄子重重地踏在地上。一个骑花斑野马的牛仔拼命跑来，冲到它们前面。他挥着大帽子，扯开嗓门儿严厉地大喊。"嘿！吁——吁——吁！嘿！"牛群急忙转身，长长的牛角砰砰地撞在一起。它们竖着尾巴，慢吞吞地远去。野马跟在后面，跑过来跑过去，把它们赶到一起。牛群和野马都翻过一道高坎，看不见了。

劳拉也跑过来跑过去，挥着自己的草帽，大声喊道："嘿！吁——吁——吁！"后来被妈阻止了。那样大喊大叫不像一个淑女。可劳拉希望自己是个牛仔。

那天傍晚，西边来了三个骑马的人，赶着一头母牛。其中一个骑手是爸，骑着帕蒂。他们慢慢地越来越近，劳拉看见母牛还带着一头花斑小牛犊。

母牛横冲直撞，两个牛仔走在它前面，互相分得很开。两根绳子一头儿系在它的长角上，另一头儿系在牛仔的马鞍上。母牛的角朝一个牛仔顶去时，另一个牛仔的马便站稳脚跟，把它拉住。母牛哞哞地叫，小牛犊也发出细弱的叫声。

爸站在窗口往外看，玛丽和劳拉靠在屋外的墙上注视着。

牛仔用绳子牵住母牛，爸把它拴在了马厩里。然后牛仔就跟爸告别，骑马远去了。

妈不敢相信爸真的带回来一头母牛。确确实实，这头母牛属于他们了。爸说，小牛犊太小，不能走远路；母牛太瘦，卖不出好价钱，所以牛仔就把它们送给了爸。牛仔还给了他们一块很大的牛肉，爸把牛肉绑在他的鞍头上。

爸、妈、玛丽、劳拉，甚至还有小宝宝卡瑞，都开心得哈哈大笑。爸笑起来总是声音很大，像洪钟敲响一样。妈高兴的时候温柔的微笑，劳拉看了心里暖乎乎的。此刻就连妈也笑出了声，因为家里有了一头母牛。

"给我一个桶，卡罗琳。"爸说。他要立刻去挤奶。

爸拎着桶，把帽子往后推了推，蹲在母牛身边，给它挤奶。母牛弓起身子，照着爸的后背踢了一脚。

爸一下子跳起来，脸涨得通红，眼睛里冒出了愤怒的目光。

"嘿，我就不信这个邪，非挤不可！"他说。

他拿起斧子，把两块厚厚的橡木板削薄。他将母牛推到马厩墙边，把两块木板深深地插进母牛身体两边的地里。母牛哞哞大叫，小牛犊也跟着叫。爸把一些木杆牢牢拴在柱子上，另一头儿插进马厩墙上的缝隙，形成了一道栅栏。

现在母牛前后左右都动弹不得了。但是小牛犊可以挤到牛妈妈和墙中间。小牛犊觉得很安全，就不叫了。

它站在母牛的另一侧,吃晚上的一顿奶。爸把手从栅栏伸进去,从这一侧挤奶。他挤了差不多一铁皮杯的牛奶。

"明天早上再来试试。"他说,"这家伙的性子像鹿一样野。但我们会驯服它的,会驯服它的。"

夜幕降临了。夜鹰在黑暗里捕捉昆虫,牛蛙在溪谷里呱呱鸣叫。一只鸟叫道:"啾啾!啾啾!"一只猫头鹰说:"喔?喔?"狼群在远处号叫,杰克也在汪汪叫。

"狼在跟踪牛群。"爸说,"明天我要给母牛盖一个高高的、结结实实的牛栏,狼就进不来了。"

一家人拿着牛肉进屋。爸、妈、玛丽和劳拉都同意把牛奶给小宝宝卡瑞喝。他们看着卡瑞喝牛奶。铁皮杯子把卡瑞的脸挡住了,但劳拉看见牛奶一口口地通过她的喉咙。卡瑞把香甜的牛奶全喝完了,然后用红红的小舌头舔掉嘴唇上的泡沫,咯咯笑了起来。

似乎过了很长时间,玉米饼和吱吱作响的牛排终于做好了。从来没有什么东西像那肥嫩厚实的牛排那么好吃。全家人都很高兴,因为现在有牛奶喝了,说不定还有黄油可以做玉米饼呢。

牛群的哞哞声远去了,牛仔的歌声几乎听不见了。现在所有的牛都到了溪谷的另一边,在堪萨斯州境内了。明天他们将继续长途跋涉,前往北面的道奇堡,那里驻扎着士兵。

第十四章
印第安人营地

天气一天比一天热,风也是热乎乎的。"就好像是从炉子里出来的。"妈说。

草渐渐变黄了。在热浪灼人的天空下,大草原翻滚着一片翠绿和金黄。

中午,风停了,鸟儿都不唱歌,四下里一片沉寂。劳拉听见松鼠在下面小溪边的树丛里叽叽喳喳。突然,一群黑色的乌鸦飞过头顶,发出沙哑难听的呱呱叫声。然后,一切又沉寂下来。

妈说现在是仲夏。

爸很想知道印第安人去了哪里。他说他们在大草原上留下了一片小营地。一天，爸问劳拉和玛丽愿不愿去营地看看。

劳拉高兴得拍着巴掌上蹿下跳，可是妈不同意。

"太远了，查尔斯，"她说，"而且天气这么热。"

爸的蓝眼睛闪闪发亮。"热天奈何不了印第安人，也奈何不了我们。"他说，"走吧，姑娘们！"

"求求你，把杰克也带去好吗？"劳拉央求道。爸已经拿了他的枪，他看看劳拉，看看杰克，又看看妈，把枪放回到钉子上。

"好吧，劳拉，"爸说，"带上杰克。卡罗琳，我把枪留给你。"

杰克在他们身边摇着秃尾巴蹦蹦跳跳。它看清了要往哪儿去，就一下子冲到了前面。爸跟了上去，爸的后面是玛丽，然后是劳拉。玛丽戴着草帽，但劳拉把草帽挂在背上。

光脚下的地面热得发烫。阳光穿透她们的旧裙子，晒得胳膊和后背又痒又疼。空气确实热得像在炉子里一样，而且有一股淡淡的烤面包的气味。爸说那是草籽儿被烤干的气味。

他们在茫茫的大草原上越走越远。劳拉觉得自己变得越来越渺小，就连爸看上去也没有那么魁梧了。最后，他们走进了印第安人扎营的那个小山谷。

杰克跳起来去追一只大野兔。野兔从草丛里蹿出来,把劳拉吓了一跳。爸赶紧说道:"别追它了,杰克!我们的肉够吃了。"于是杰克坐下来,看着大野兔一跳一跳地逃进了下面的山谷。

劳拉和玛丽看着四周。她们不敢离开爸的身边。山谷四周生长着低矮的灌木——荆棘上挂着一串串浅粉红色的浆果,漆树上结着绿色球果,这里那里还露出一片红艳艳的叶子。秋麒麟的绒毛已经变成灰色,牛眼雏菊的黄花瓣从花芯里耷拉下来。

所有这一切都藏在这个秘密的小山谷里。劳拉从小屋里向外看,除了草什么也看不见,现在,从这山谷里也看不见小屋。大草原看上去一马平川,其实并不是平的。

劳拉问爸大草原上是不是有很多这样的山谷。爸说是的。

"山谷里有印第安人吗?"劳拉把声音压得很低。爸说不知道,大概有吧。

他们看着印第安人营地,劳拉紧紧抓住爸的一只手,玛丽抓住爸的另一只手。地上有印第安人的篝火留下的灰烬,还有一些窟窿,是支帐篷留下来的。几根骨头散落在地,是被印第安人的狗啃过留下的。溪谷两侧的草都被印第安人的马吃得只剩短短的草茬。

到处都有大鹿皮鞋和小鹿皮鞋留下的脚印,还有小光脚丫踩出的痕迹。在这些足迹上面,是野兔、小鸟和狼群留下的足迹。

爸把这些足迹一一指给玛丽和劳拉看。爸让她们看篝火的灰烬旁边一双中等大小的鹿皮鞋留下的脚印。一个印第安妇女曾经蹲在那里。她穿着带流苏的皮裙子，尘土里还留着流苏掠过的痕迹。她穿着鹿皮鞋留下的脚趾印子比脚跟深，因为她向前探着身子，搅拌火上锅里煮的东西。

接着，爸捡起一根被烟熏黑的分叉的树枝。爸说锅挂在一根树枝上，那根树枝又架在两根直立的树杈上。他指给玛丽和劳拉看地上的两个洞眼儿，那是树杈扎在地上留下的。爸又叫她们看篝火周围散落的骨头，然后告诉他当时锅里煮的是什么。

玛丽和劳拉看了看，说："兔子。"对了。那些骨头是兔子的骨头。

突然，劳拉喊道："看，快看！"尘土里有一个蓝莹莹的东西在闪亮。劳拉把它捡起，是一颗美丽的蓝珠子。劳拉高兴地喊了起来。

接着玛丽看见了一颗红珠子，劳拉看见了一颗绿珠子。顿时，她们忘记了一切，心里只想着珠子。爸也帮她们一起找。找到了白色的珠子、褐色的珠子，又找到了更多的红珠子、蓝珠子。整个下午，他们都在印第安人的营地里寻找珠子。爸不时地走到山谷边，朝家的方向看看，然后回来继续帮她们找珠子。他们睁大眼睛，把那片地方都找了个遍。

后来再也找不到了,太阳也快要落山了。劳拉手里有了一把珠子,玛丽手里也有了一把珠子。爸把它们仔细地包在他的手帕里,劳拉的珠子包在一个角上,玛丽的包在另一个角上。爸把手帕塞进口袋,他们就回家了。

走出山谷时,太阳已经在他们身后落得很低。家看上去那么小,那么遥远,而且爸没有带枪。

爸走得飞快,劳拉简直跟不上他的步子。她拼命地快步奔跑,可是太阳落山的速度更快。家似乎越来越远了,大草原变得更加辽阔。风不停地刮,轻声诉说着可怕的事情。所有的茅草都在颤动,似乎很害怕的样子。

这时,爸转过身,蓝眼睛一闪一闪地看着劳拉。他说:"累了吗,我的喝了半瓶的小甜酒?对你的小腿来说,路确实怪远的。"

劳拉是个大姑娘了,爸还是把她抱起来,让她稳稳地靠在他的肩膀上。爸拉起玛丽的手,三个人一起回到了家。

火上烧着晚饭,妈在摆桌子,小宝宝卡瑞坐在地上玩小木块儿。爸把手帕扔给了妈。

"我回来晚了,卡罗琳。"爸说,"可是你看看闺女们找到了什么。"爸拿起挤奶桶,迅速把帕特和帕蒂从木桩那儿牵回来,去给母牛挤奶。

妈解开手帕,看到里面的东西,兴奋地叫了起来。珠子看上去比在印第安人营地的时候还要漂亮。

劳拉用手指拨弄着她的珠子,看着它们在熠熠发光。"这些是我的。"她说。

这时玛丽说道:"我的送给卡瑞。"

妈等着听劳拉怎么说。劳拉什么也不想说。她想留着这些漂亮的珠子。她觉得心里火烧火燎的,多么希望玛丽不要总是表现得这样乖巧。可是,她不能让玛丽把自己比下去。

于是她慢吞吞地说:"我的也送给卡瑞。"

"这才是我无私、善良的好闺女。"妈说。

妈把玛丽的珠子倒进玛丽的手心,把劳拉的珠子倒进劳拉的手心,说要给她们一根线把珠子穿起来。这些珠子可以穿成一根漂亮的项链,给卡瑞戴在脖子上。

玛丽和劳拉并排坐在小床上,把美丽的珠子穿在妈给她们的那根线上。她们每人都把手里的线头儿放在嘴里润湿,拿出来捻得紧紧的。玛丽把她的线头儿穿进每个珠子的小洞眼儿,劳拉用她的线头儿穿起她的珠子,一颗接一颗。

两个人都没有说话。也许玛丽心里觉得美滋滋的,可是劳拉没有。她看着玛丽就想给她一耳光。所以,她不敢再看玛丽了。

珠子穿成了一条美丽的项链。卡瑞看见了,拍着小手咯咯大笑。妈把项链挂在卡瑞的小脖子上,珠子闪闪发光。劳拉觉得心里好受些了。毕竟,她的那些珠子不够穿成一整条项链,玛丽的也不够,但合在一起,就给卡瑞做成了一条完整的珠链。

卡瑞感觉到了脖子上的项链,用手去抓。她还太小,不懂事,眼看就要把项链扯断了。妈赶紧把它摘下来收了起来,等卡瑞大一些再给她戴。从那以后,劳拉经常想起那些漂亮的珠子,她心里仍然很不服气,总希望那些珠子属于自己。

不过那天真是过得很开心。她总会想起他们在大草原上走过的那段长长的路,想起在印第安人营地看到的一切。

第十五章
打 摆 子

黑莓熟了。炎热的下午,劳拉跟妈一起去摘黑莓。溪谷里的荆棘丛中挂满了一串串又大又黑、汁液饱满的浆果。有些在树荫里,有些在阳光下。阳光太毒热了,劳拉和妈就待在树荫里。浆果真多啊。

野鹿躺在阴凉的小树丛中,望着妈和劳拉。蓝鸦鸟绕着她们的草帽盘旋,好像因为她们把浆果摘走了,而在责怪她们。蛇匆匆地从她们身边爬过,树上的松鼠醒来了,朝她们叽叽喳喳地叫。在扎人的荆棘丛中,不管走到哪里,都有一群群蚊子嗡嗡地飞起来。

成熟的大浆果上蚊子特别多,都在吮吸那甜蜜的浆汁。讨厌的是，它们不仅喜欢吃黑莓，还喜欢叮咬劳拉和妈。

劳拉的手指和嘴巴被浆果汁儿染成了紫黑色。脸上、手上和脚上布满了荆棘的划痕和蚊子叮的红包。她用手拍打蚊子，就把一个个紫色的巴掌印留在了身上。但是，她们每天都把满满的一桶桶浆果拎回家，妈把它们摊在太阳底下晒干。

她们每天都敞开肚皮吃黑莓，到了冬天，还有黑莓干可以炖菜吃。

玛丽几乎不怎么出去摘黑莓。她比劳拉大一点儿，所以留在屋里照顾小宝宝卡瑞。白天，屋里只有一两只蚊子，到了夜里，如果风不大，蚊子就成群成群地飞进来。在无风的夜晚，爸把一些湿草堆在房子和马厩周围闷烧。湿草燃烧时散发浓烟，可以驱散蚊子，可是仍然有许多蚊子飞进来。

爸晚上不能拉小提琴了，因为有那么多蚊子叮他。爱德华兹先生吃过晚饭也不来串门儿了，因为溪谷里的蚊子太多。马厩里，帕特、帕蒂、小马驹儿、小牛犊儿和母牛整夜都在跺脚，甩尾巴。早晨，劳拉的额头上满是蚊子叮的小包。

"很快就会好起来的，"爸说，"秋天快要到了，只要寒风一吹，蚊子就都完蛋了！"

劳拉觉得不太舒服。有一天，她在大太阳底下也浑身发冷,坐到火炉边也暖和不过来。

妈问她和玛丽怎么不出去玩耍,劳拉说她不想玩。她感到很累,身上疼。妈停下手里的活儿,问道:"哪儿疼?"

劳拉也说不清楚。她只是说:"就是疼嘛。我的腿疼。"

"我也疼。"玛丽说。

妈打量着她们,说她们看上去挺健康的。可是妈说肯定有什么地方不对头,不然她们不会这么安静。妈撩起劳拉的裙子和衬裙,看她的腿哪儿疼,突然劳拉浑身哆嗦起来。她哆嗦得那么厉害,连牙齿都在打战。

妈用手贴了贴劳拉的面颊。"你不可能冷,"妈说,"你的脸烫得像火一样。"

劳拉想哭,当然啦,她没有哭,只有小宝宝才会哭呢。"我现在不热,"她说,"我的后背疼。"

妈去叫爸,爸进来了。"查尔斯,快看看闺女们吧,"妈说,"我认为她们肯定是病了。"

"是啊,我自己也觉得不太舒服。"爸说,"我先是浑身发热,然后浑身发冷,而且哪儿都疼。姑娘们,你们也是这种感觉吗?是不是骨头疼?"

玛丽和劳拉说她们正是这种感觉。妈和爸互相对视了很久,然后妈说:"姑娘们,你们应该上床躺着。"

大白天被打发上床,这感觉很奇怪,劳拉烧得很厉害，周围的一切看上去都飘忽不定。妈给她脱衣服时，她搂住妈的脖子，央求妈跟她说说她生了什么病。

"你不会有事的。别担心。"妈语气轻快地说。劳拉钻进被窝，妈给她掖好被角。躺在床上真舒服啊。妈用柔软、清凉的手抚摩她的额头，说："好了，睡吧。"

劳拉躺了很长很长时间，她并没有睡着，但也没有真正清醒。迷迷糊糊中，一直有奇怪的事情在发生。她看见爸半夜蹲在炉火旁。突然，阳光刺痛了她的眼睛，妈用勺子喂她喝肉汤。眼前的东西慢慢地越缩越小，越缩越小，缩得比什么都小，然后又慢慢地越变越大，越变越大，变得比什么都大。有两个人在说话，语速越来越快，然后一个慢悠悠的声音拖腔拖调，慢得让劳拉受不了。劳拉只听见说话声，却听不清在说什么。

躺在她旁边的玛丽也在发烧。玛丽把被子掀掉，劳拉哭喊起来，因为她浑身发冷，接着她又烧了起来。爸的手颤抖着端来一杯水。水洒在了劳拉的脖子上，铁皮杯当当撞着她的牙齿，使她没法儿喝水。当妈来给劳拉盖被子时，妈的手摸在劳拉脸上也是滚烫的。

劳拉听见爸说："上床躺着吧，卡罗琳。"

妈说："你比我病得厉害，查尔斯。"

劳拉睁开眼睛，看见了灿烂的阳光。玛丽在哭："我要喝水！我要喝水！我要喝水！"杰克在大床和小床之间来回地跑。劳拉看见爸躺在大床边的地板上。

杰克用爪子挠挠爸，哀哀地叫。它用牙齿叼住爸的袖子，使劲摇晃。爸的脑袋抬起一点儿，说道："我必须起来，必须起来。还有卡罗琳和姑娘们呢。"说完脑袋往后一倒，又躺下不动了。杰克抬起鼻子，汪汪地叫。

劳拉挣扎着想起来，可是全身一点儿力气也没有。这时她看见妈烧得通红的脸从大床边探出来。玛丽一直在哭着要水喝。妈看看玛丽，又看看劳拉，轻声地说："劳拉，你行吗？"

"可以，妈。"劳拉说。这次她终于下了床。可是站起来的时候感到地板在摇晃，她扑通摔倒了。杰克一遍遍地用舌头舔她的脸，哆嗦着身体，哀哀地叫。可是当劳拉抓住它，挣扎着靠坐在它身上时，它稳稳地站住不动。

劳拉知道她必须弄点儿水来，止住玛丽的哭喊。她在地板上一直爬到水桶那儿。桶里只有一点儿水了。劳拉冷得一个劲儿发抖，几乎拿不住长柄勺。但她还是用力抓住勺子，舀了一点儿水，开始往回爬，感觉距离那么遥远。杰克一直陪在她身边。

玛丽没有睁开眼睛。她双手捧住长柄勺，把里面的水全喝光了。然后她就不哭了，勺子掉在地上。劳拉钻进被子里，过了很长时间，身体才又暖和过来。

劳拉有时听见杰克在哭泣。有时杰克发出号叫，让劳拉以为它是一只狼,但她并不害怕。劳拉发着高烧躺在那里,听杰克号叫。她又听见许多声音在说话,还有那个很慢的声音在拖腔拖调。她睁开眼睛,看见一张又大又黑的脸凑在她面前。

这张脸黑得像煤,黑得发亮。一双眼睛又黑又温柔,厚厚的大嘴唇里,牙齿白得耀眼。这张脸露出微笑,一个低沉的声音温和地说:"小姑娘,把这个喝了。"

一条胳膊托着她的肩膀,一只黑色的手把杯子举到她嘴边。劳拉咽下一口苦苦的东西,想把脑袋转开,可是杯子追着她的嘴不放。那个低沉、淳厚的声音又说:"把它喝掉,你就会好了。"于是劳拉就把苦药都喝了下去。

她醒来时,一个胖女人在捅火。劳拉仔细看看她,发现她不是黑人。她像妈一样是被太阳晒黑了。

"对不起,我想喝水。"劳拉说。

胖女人立刻把水端来了。凉凉的清水使劳拉觉得好受了一些。她看看睡在旁边的玛丽,又看看睡在大床上的爸和妈。杰克躺在地板上半睡半醒。劳拉看着那个胖女人,问道:"你是谁?"

"我是司各特太太。"女人笑眯眯地说,"那么,你觉得好些了,是吗?"

"是的,谢谢你。"劳拉很有礼貌地说。胖女人给她端来一杯热腾腾的草原鸡汤。

"乖,快把它喝了吧。"女人说。劳拉把鲜美的鸡汤喝得一滴不剩。"现在睡吧。"司各特太太说,"这里由我照应,直到你们都好起来。"

第二天早晨,劳拉觉得好多了,想起床,可是司各特太太说她必须躺在床上等大夫过来。劳拉躺在那里,看着司各特太太打扫屋子,喂爸、妈和玛丽吃药。轮到劳拉吃药了,她张开嘴巴,司各特太太从纸包里把一种特别苦的药倒在劳拉嘴里。劳拉喝一口水,咽两下,再喝水。药粉可以咽下去,那种苦味儿却一直留在嘴里。

后来医生来了,是个黑人。劳拉以前从没见过黑人,怎么也不肯把眼睛从谭医生身上挪开。谭医生真黑啊,幸亏劳拉很喜欢他,不然肯定会害怕的。谭医生朝劳拉微笑，露出满嘴的白牙。他跟爸、妈说话，笑起来声音爽朗、欢快。他们都希望他多待一会儿，可是他时间很紧。

司各特太太说，溪谷上下的定居者都得了打摆子。健康人照顾不过来病人，所以她一直挨家挨户地干活儿，从早忙到晚。

"你们能活过来真是个奇迹，"她说，"一家子全都病倒了。如果不是谭医生发现你们，真不知道会发生什么事。"

谭医生是印第安人医生。他要去北面的独立镇，路过爸的小屋。杰克真是反常，平常除非爸妈发话，它从不让陌生人靠近小屋，那天却主动上前迎接谭医生，恳求他进屋。

"结果你们都躺在这里，只剩一口气了。"司各特太太说。谭医生照顾了他们一天一夜，然后司各特太太就来了。现在谭医生在给所有生病的定居者治病。

司各特太太说，生病的人都是因为吃了西瓜。她说："我说过一百次了，西瓜是……"

"什么？"爸兴奋地喊了起来，"谁有西瓜？"

司各特太太说，一个定居者在溪谷里种了西瓜。只要是吃了那些西瓜的人，都当场病倒了。她说她曾经警告过他们的。"可是，不听，"她说，"他们根本就不听，偏要吃那些西瓜，结果现在付出代价了。"

"我已经很长很长时间没有尝到一片美味的西瓜了。"爸说。

第二天爸起床了。又过了一天，劳拉也起来了，然后是妈，然后是玛丽。他们都很消瘦，走路不稳，但可以自己照顾自己了。于是司各特太太就回家了。

妈说不知道怎样才能感谢她，司各特太太说："别说这个！邻居不应该互相帮助吗？"

爸面颊塌陷，走路慢吞吞的。妈经常坐下来休息。劳拉和玛丽没有精神玩耍。每天早晨，他们都要吃那种很苦的药粉。但是妈脸上仍然挂着甜美的笑容，爸快活地吹着口哨。

"再坏的事情，都有好的一面。"爸说。他不能出去干活儿，就可以给妈做摇椅了。

他从溪谷弄来一些细长的柳条，在屋里做椅子。他随时可以停下手，往炉子里添柴火，或帮妈拎水壶。

爸先做了四条粗粗的椅腿，用横档把它们牢牢固定住，然后割下柳树上面的那层又薄又结实的皮，把它们编织起来，做成椅子的座。

爸把一根又长又直的树枝从中间劈开，用木钉把树枝一半的一头儿钉在椅座侧面，然后把树枝弯上去，弯成一个弧度，另一头儿在椅座的另一侧弯下来钉住，就形成了高高的弧形椅背。爸把椅背牢牢固定，用细细的柳藤纵横编织，填满椅背中间。

爸用另一半树枝做成椅子的扶手。他把树枝从椅座前面弯到椅背上，用交织的柳藤把中间填满。

最后，爸把一根长成弧形的大柳枝劈开。他把椅子翻转过来，把弯枝钉在椅腿上，做成了弧形弯脚。这样椅子就算完成了。

全家搞了个庆祝仪式。妈脱掉围裙，把柔顺的头发梳得更加柔顺。她把那枚金胸针别在领子前面。玛丽把那串珠链戴在卡瑞的脖子上。爸和劳拉把玛丽的枕头放在椅座上，把劳拉的枕头靠着椅背。爸把小床的被子铺在两个枕头上。然后，爸牵着妈的手，领她坐到椅子上，再把小宝宝卡瑞放进她怀里。

妈靠在松软的椅子里，消瘦的面颊上泛起红晕，眼里闪烁着泪光，她的笑容那么美丽。椅子轻轻摇晃着，她说："哦，查尔斯，我不记得什么时候这么舒服过。"

爸拿出小提琴，在火光里给妈拉琴、唱歌。妈轻轻摇晃着，小宝宝卡瑞进入了梦乡。玛丽和劳拉坐在板凳上，心里美滋滋的。

就在第二天，爸骑着帕蒂走了，也没说要去哪里。妈一直在纳闷儿他上哪儿去了。爸回来的时候，面前的马鞍上放着一个大西瓜。

他简直没力气把西瓜搬进屋子。他把西瓜扔在地板上，自己一屁股坐在旁边。

"我还以为肯定搬不进来呢，"他说，"肯定有四十磅重,而我全身像水一样没有力气。快把切肉刀拿给我。"

"可是,查尔斯!"妈说,"你不能。司各特太太说——"

爸又发出他那种爽朗的大笑。"那都是胡说八道,"他说,"这是一个好西瓜。吃它怎么会打摆子呢?谁都知道打摆子是因为吸了夜晚的寒气。"

"这个西瓜是在夜晚的寒气里长大的。"妈说。

"胡扯!"爸说,"快把刀给我。即使知道它会让我发冷、发烧,我也要吃这个西瓜。"

"我相信你会的。"妈说,把刀递给了他。

刀插进西瓜,发出一声甜美的脆响。绿色的瓜皮裂开,露出鲜红色的瓜瓤,黑黑的瓜子点缀其间。红瓤的中央好像结着白霜。天气这么热,没有什么东西比那个西瓜更诱人的了。

妈不肯尝,也不让劳拉和玛丽吃一口。爸吃了一块又一块,最后叹了口气,说只能把剩下的给母牛吃了。

第二天,爸有点儿发冷和发热。妈怪他不该吃西瓜。可是又过了一天,妈也有点儿发冷和发热。所以,谁也不知道究竟是什么引起了他们打摆子。

那些日子,人们不知道打摆子就是疟疾,蚊子叮人的时候,有时就把这种病传给了人。

第十六章
烟囱着火啦

大草原变了，变成了深黄色，近乎褐色，还点缀着一道道红色的毒漆树。风在枯干的草丛中呼啸，在短而弯曲的野牛草间悲哀地低语。夜里，风声听上去像一个人在哭泣。

爸又说这是一个奇妙的地方。在大森林里的时候，爸要把草割下来，晒干，码垛，存放在牲口棚里，准备过冬用。而在这里的大草原上，野草不用割下来，太阳就把它们晒干了。整个冬天野马和母牛都能自己去吃干草。爸只需要储存一个小草垛，预防暴风雪的天气就可以了。

天气越来越凉，爸准备到镇上去了。夏天太热，不能去，帕特和帕蒂会被太阳烤坏的。马车一天要走二十英里，两天才能走到镇上。爸希望离家的时间越短越好。

爸在牲口棚旁边堆了一个小草垛。他劈好过冬用的木柴，用一根长绳子绑好放在墙根。现在只需要给家里留下足够的肉，于是他背上枪出去打猎了。

劳拉和玛丽在屋外的风中玩耍。她们听见小溪边的树林里传来了枪声，便知道爸打到了野味。

风寒了，溪谷里到处都是成群的野鹅，扑啦啦地飞起来，盘旋一阵又落下。排成V字形长队的野鹅从小溪里飞起，去遥远的南方过冬。飞在最前面的首领对后面的野鹅喊道："嘎！"队伍里的野鹅一只接一只地回答，"嘎！""嘎！""嘎！"首领大叫一声"嘎！"后面的野鹅又叫着回答："嘎——嘎！嘎——嘎！"首领拍打着强壮的翅膀飞向南方，V字形的长队整整齐齐地跟在后面。

小溪边的树梢也变了颜色。橡树变成了红色、黄色、褐色和绿色。杨树、梧桐树和胡桃木树金灿灿的。天空也不那么蓝得耀眼了，风很硬。

那天下午，狂风呼啸，天气变得很冷。妈把玛丽和劳拉叫进屋里。她生起炉火，把摇椅拖过来靠近壁炉，坐在那里摇晃小宝宝卡瑞，嘴里轻轻哼唱着：

>看啊，宝宝的脑袋撞来撞去，
>爸爸出门去打猎啦，
>打回一张野兔皮做帽子，
>裹住宝宝的小脑袋呀。

劳拉听见烟囱里有噼噼啪啪的声音。妈停止唱歌，探身朝烟囱上面望。然后妈轻轻地站起来，把卡瑞放进玛丽怀里，把玛丽推到摇椅里坐下，便匆匆走出屋门。劳拉也跑着跟了出去。

整个烟囱顶部都在燃烧。砌烟囱的树枝着火了。火苗在风中呼呼直冒，舔向毫无防备的屋顶。妈抓起一根长杆子去捅熊熊燃烧的树枝，那些树枝纷纷落在她身边。

劳拉不知道怎么办才好。她也抓起一根长杆子，可是妈叫她躲开。风助火势，那场面太可怕了，能把整个小屋都烧成灰烬，而劳拉却无能为力。

她跑进屋里。燃烧的树枝和煤块扑啦啦地从烟囱掉下来，滚到炉子外面的地上。满屋都是浓烟。一根燃烧的大树枝滚到了玛丽裙子底下。玛丽动弹不得，她吓坏了。

劳拉吓得脑子发木。她抓住沉甸甸的摇椅的椅背，用吃奶的力气往后拉。坐在椅子里的玛丽和卡瑞随着椅子在地板上往后滑了一段。劳拉又抓起那根燃烧的树枝，扔进壁炉，这时妈正好进来了。

"真是好孩子，劳拉，还记得我告诉过你的话，千万不能让火落到地板上。"妈说。她拎起水桶，不出声地迅速把水泼在壁炉的火上，滚滚的浓烟冒了出来。

然后妈说:"你的手烧坏了吗?"她看着劳拉的双手,还好,没有烧到,因为劳拉飞快地把树枝扔掉了。

劳拉并没有真哭,她已经长大,不能哭了。只是每只眼睛里有一滴眼泪流出来,而且嗓子哽住了,那不叫哭。她把脸埋在妈的怀里,紧紧地抱住妈。谢天谢地,火没有把妈烧伤。

"别哭,劳拉。"妈抚摩着她的头发说,"你当时害怕吗?"

"害怕。"劳拉说,"我害怕玛丽和卡瑞会被烧死,害怕屋子会着火,那样我们就没有屋子了。我这会儿……这会儿还在害怕!"

玛丽现在能说话了。她告诉妈劳拉怎么把椅子从火边拉开。劳拉那么小,椅子那么大,而且里面还坐着玛丽和卡瑞,重得要命,妈感到很吃惊。她说真不知道劳拉是怎么做到的。

"你是个勇敢的小姑娘,劳拉。"妈说。其实劳拉当时心里害怕极了。

"没有造成什么损失,"妈说,"房子没有烧着,玛丽的裙子也没有着起火来,她和卡瑞没有被烧伤。一切都没事。"

爸回家时,发现火灭了。大风在烟囱底部的石头上吹口哨,屋里很冷。爸说他要用青树枝和新鲜的泥土把烟囱修好,涂抹得结结实实,让它再也不会起火。

爸带回来四只肥嘟嘟的鸭子,他说能打死几百只这样的鸭子,但四只足够一家人吃了。爸对妈说,"你把我们吃的鸭子和鹅的羽毛都留着,我要给你做一床羽绒被子。"

当然啦,爸也可以打一只鹿的,但天气还不够冷,不能把肉冻起来防止变质。爸还找到了一群野火鸡栖息的地方。"我们感恩节和圣诞节的火鸡有了,"他说,"又大又肥的火鸡,到时候我就去打。"

妈收拾鸭子的时候,爸吹着口哨拌泥浆,割青树枝,把烟囱又砌了起来。接着,火苗愉快地噼啪作响,上面烤着一只肥嘟嘟的鸭子,烘着玉米饼。家里又充满了温馨和舒适。

吃过晚饭,爸说他觉得最好第二天一早就出发去镇上。"还是尽早去吧。"他说。

"是的,查尔斯,你还是去一趟吧。"妈说。

"其实不去我们也能过得很好,"爸说,"没必要为了一点儿小事就动不动往镇上跑。司各特在路易安那州种的烟草不如我以前抽的好,但也没问题。我明年夏天自己种一些还给他。真希望没有向爱德华兹借那些钉子。"

"但你还是借了,查尔斯。"妈回答道,"至于烟草,你和我都不愿再借了。我们的奎宁(药名)也不多了。我一直省着用玉米面,现在也差不多快用光了。据我所知，这里的树上可不结玉米，而我们要到明年才能种庄稼。吃了这么多野味，来点儿腌猪肉也会很美味的。还有，查尔斯，我想给威斯康星的亲戚们写信。如果现在把信寄出去，他们今年冬天就能写回信，我们开春时就能得到他们的消息了。"

"你说得对，卡罗琳。你总是对的。"爸说。然后他转向玛丽和劳拉，说她们该上床了。如果他明天一大早出发，今晚最好早点儿睡觉。

爸脱掉靴子，玛丽和劳拉换上睡衣。她们上床后，爸却拿来他的小提琴，一边轻轻拉琴，一边轻声唱道：

月桂树绿油油，
芸香绿茸茸，
分别在眼前，
难舍心上人。

妈朝爸转过身，笑了。"路上照顾好自己，查尔斯，别为我们担心。"妈对爸说，"我们会好好儿的。"

第十七章
爸去镇上

天还没亮，爸就出发了。劳拉和玛丽醒来时，爸已经走了。到处都显得空荡荡、冷清清的。这跟爸出去打猎感觉不一样。他是到镇上去，要整整四天才能回来。

小马驹儿——小兔被关在马厩里，不能跟妈妈一起去。这趟路途对小马驹儿来说太遥远了。小兔孤单地哀叫着。劳拉和玛丽陪妈待在屋里。爸不在家，屋外太辽阔、太空旷，她们不敢在外面玩。杰克也烦躁不安，提高了警惕。

中午，劳拉跟妈一起去喂小兔饮水，并把拴母牛的桩子移到没啃过的草地上。母牛现在已经很温顺了。妈牵到哪里它就跟到哪里，还让妈给它挤奶。

挤奶的时间到了，妈戴上草帽，突然，杰克脖子后面的毛都竖了起来，它一下子冲出屋去。她们听见一声大喊，接着一阵纷乱，有人叫道："叫你们的狗走开！叫你们的狗走开！"

爱德华兹先生爬到了柴堆上，杰克正要爬上去追他。

"它把我赶上来了。"爱德华兹先生说。他在柴堆上往后退。妈简直没法儿让杰克走开。它凶狠地龇牙咧嘴，眼睛瞪得通红。最后，杰克不得不允许爱德华兹先生从柴堆上下来，但一直警惕地盯着他。

妈说："天哪，它好像知道英格尔斯先生不在家。"

爱德华兹先生说，狗知道的事情超过了大多数人的想象。

爸早晨去镇上的路上，到爱德华兹先生家去了一趟，请他每天过来看看是否一切都好。爱德华兹先生这个邻居真不错，在晚上干杂活儿的时候来了，想帮妈干活儿。可是杰克打定主意，爸不在的时候，除了妈任何人都不能靠近母牛或小马驹儿。爱德华兹先生干活儿的时候，只能把杰克关在屋里。

爱德华兹先生离开的时候对妈说："今晚把狗放在屋里，你们就会很安全。"

夜幕渐渐笼罩在小屋周围。风凄厉地呼号着，猫头鹰在说:"嗯——喔——喔。"一只孤狼在号叫,杰克喉咙里发出低吼。玛丽和劳拉靠近妈坐在火光里。她们知道待在屋里很安全,因为有杰克,而且妈把拴锁带拉了进来。

第二天跟第一天同样冷清。杰克在马厩周围走一圈,在屋子周围走一圈,然后又绕着马厩周围走一圈,绕着屋子走一圈。它根本顾不上理睬劳拉。

那天下午,司各特太太过来看妈。有客人的时候,劳拉和玛丽都很有礼貌地坐着,像小老鼠一样安静。司各特太太欣赏爸做的那把新摇椅。她坐在上面越摇越喜欢,连声夸赞小屋多么整齐、舒服、漂亮。

她说,看在上帝的分上,千万别跟印第安人有什么麻烦。司各特先生听到一些有关印第安人的谣言。司各特太太说:"大地知道,印第安人永远不会对这片土地做什么。他们只是像野兽一样到处流浪。不管有没有契约,土地都应属于能在上面耕作的人。这才符合常识,这才公正。"

她不知道政府为什么要跟印第安人签订契约。印第安人没有好东西。她一想到印第安人就全身发冷。她说:"我永远忘不掉明尼苏达大屠杀。我爸和我的几个兄弟跟其他定居者一起出征,在我们这边十五英里的地方才把他们拦住。我经常听我爸说印第安人……"

妈嗓子里发出一种突兀的声音,司各特太太就停住了。不管是什么样的大屠杀,大人们都不应该当着小姑娘的面谈论。

司各特太太走后,劳拉问妈什么是大屠杀。妈说她现在没法儿解释,等劳拉长大了就会明白。

那天傍晚,爱德华兹先生又来干杂活儿,杰克又把他赶到了柴堆上。妈把杰克拖走了。妈对爱德华兹先生说,她也不明白这条狗是着了什么魔,也许是大风让它感到不安。

风中夹杂着一种奇怪的呼啸,寒意直钻进劳拉的衣服里,就好像她没穿衣服似的。她和玛丽往屋里抱柴火时,冻得牙齿直打战。

那天夜里,她们想着在独立镇的爸。如果没有什么事情耽误的话,爸现在应该在镇上了,在靠近房屋和人群的地方过夜。明天他就会在商店里买东西。然后,如果动身得早,就能往回赶一阵,明天夜里在大草原上过夜,后天夜里就能到家了。

早晨,风刮得很猛,天气冷极了。妈让屋门一直关着。劳拉和玛丽坐在火边,听着风在房子周围号叫,在烟囱里嘶吼。那天下午,她们猜想爸是不是已经离开独立镇,正顶着狂风往家赶呢。

天黑下来后,她们又猜想爸在哪里过夜。风寒冷刺骨,甚至钻进了舒适的小屋。她们的脸被炉火烤得热乎乎的,后背却冷得要命。在黑暗、苍茫、孤寂的大草原上，爸就在这样的狂风里过夜。

接下来的一天非常漫长。她们知道上午爸不会回来，就耐心地等到爸可能回来的时候。下午，她们开始盯着通往小溪的路。杰克也朝那里看。它闹着要出去，然后在马厩和小屋周围走来走去，停下来朝溪谷的方向张望，露出嘴里的牙齿。风吹得它几乎站都站不稳。

进屋之后，它也不肯躺下，不停地走过来走过去，坐立不安。它脖子后面的毛竖起来、趴下去，又竖起来。它想朝窗外看，又冲着门汪汪叫。可是当妈把门打

开时，它又改变主意，不肯出去了。

"杰克在害怕什么东西。"妈说。

"杰克从来什么都不怕！"劳拉反驳道。

"劳拉，劳拉，"妈说，"顶嘴是不好的。"

一分钟后，杰克又决定出去。它去查看母牛、小牛犊、小马驹儿是否都安全地待在马厩里。劳拉真想对妈说，"我怎么说来着！"她很想说，但没有说。

傍晚干杂活儿的时候，妈把杰克关在屋里，这样它就不会把爱德华兹先生攃到柴堆上去了。爸还没有回来。风把爱德华兹先生吹进了门。他气喘吁吁，浑身都冻僵了。他先在炉边烤了烤火，才去干活儿，干完活儿后，又坐下来烤火。

他告诉妈，印第安人正在悬崖底下安营扎寨。他穿过溪谷时看见了他们篝火的烟。他问妈有没有枪。

妈说她有爸的手枪，爱德华兹先生说："在这样的夜晚，我估计他们不会离开营地。"

"是啊。"妈说。

爱德华兹先生说，如果妈需要，他可以在马厩里过夜，睡在干草堆里也很舒服。妈对他表示感谢，说不能给他添这么多麻烦，家里有杰克就很安全了。

"英格尔斯先生随时都会回来的。"妈对他说。于是爱德华兹先生穿上大衣，戴上帽子、围巾和手套，拿起他的枪告辞了。他说，他想她们也不会遇到什么麻烦的。

"是啊。"妈说。

爱德华兹先生走后,虽然天还没黑,妈就把门关好,把拴锁带拉了进来。劳拉和玛丽还能清清楚楚地看到那条通往小溪的路,她们一直望啊望,直到夜色把它笼罩。然后妈闩上窗板。爸还没有回来。

她们吃了晚饭,洗了碗碟,把壁炉前面扫干净,爸还是没有回来。爸置身于茫茫黑夜中,狂风哭号、惨叫、咆哮。它摇晃着门闩,摇晃着窗板。它在烟囱里发出凄厉的尖叫,火苗呼呼地腾起老高。

劳拉和玛丽一直竖着耳朵,捕捉马车车轮的声音。她们知道妈也在听,虽然她哼着歌儿,摇晃着哄卡瑞睡觉。

卡瑞睡着了,妈继续摇晃。最后,妈给卡瑞脱去衣服,把她放在床上。劳拉和玛丽互相看着,她们不想睡觉。

"该上床了,姑娘们!"妈说。劳拉恳求让她们坐在那里等爸回来,玛丽也跟着央求,妈同意了。

她们坐了很长很长时间。玛丽打了个哈欠,劳拉打了个哈欠,然后两人同时打了个哈欠。但她们一直把眼睛睁得大大的。劳拉眼前的东西变得很大,又变得很小,有时看见两个玛丽,有时什么也看不见,但是她一定要坐着等爸回来。突然,一声可怕的巨响吓了她一跳，妈把她抱了起来。原来她从板凳上掉下来，摔在了地板上。

她想告诉妈，她其实不困，不需要上床睡觉，可是一个巨大的哈欠差点儿把她的脑袋劈成两半。

半夜里，劳拉突然坐了起来。妈一动不动地坐在火边的摇椅里。门闩咔嗒嗒地响，窗板在摇晃，风在咆哮。玛丽睁着眼睛，杰克在屋里走来走去。随后劳拉又听见了狂野的号叫声，那声音响起来，低下去，又响起来。

"躺下，劳拉，快睡觉。"妈温柔地说。

"那是什么叫声？"劳拉问。

"是风在叫。"妈说，"好了，听话，劳拉。"

劳拉躺下了，但眼睛不肯闭上。她知道爸在外面的黑夜里，就在那可怕的号叫声发出的地方。野人在溪谷的悬崖底下，而爸要摸黑穿过那道溪谷。杰克汪汪叫。

然后，妈又坐在舒服的摇椅里微微摇晃。火光一闪一闪地照着她腿上爸的那把手枪。妈用甜美的声音轻轻唱道：

> 有一个幸福的国度，
> 在遥远遥远的地方，
> 那里的圣徒满心喜悦，
> 如同白昼一般辉煌。

哦，听天使们歌唱，

荣耀属于上帝，我们的王——

劳拉不知道自己已经睡着了。她以为那些灿烂的天使开始跟妈一起歌唱，她躺在那里聆听她们圣洁的歌声，突然，她睁开眼睛，看见爸站在火边。

劳拉立刻从床上跳下来，喊道："哦，爸！爸！"

爸的靴子上有一层冻硬了的泥浆，他的鼻子也冻红了，头发乱糟糟地支棱在头上。爸身上真冷啊，劳拉扑向爸时，那股寒意渗透了她的睡衣。

"等等。"爸说。他用妈的大披肩把劳拉裹起来，紧紧搂抱着。现在一切都好了。小屋温暖舒适，炉火暖融融的，还有醇厚温馨的咖啡味儿。妈微笑着，爸已回家了。

大披肩真大啊，玛丽把披肩的一头儿裹在自己身上。爸脱掉硬邦邦的靴子，烘烤他冻得僵硬的双手。然后他坐在板凳上，把玛丽抱到一条腿上，把劳拉抱到另一条腿上，又把裹在大披肩里的她们紧紧搂住。她们的光脚丫被温暖的炉火烘烤着。

"啊！"爸说，"我还以为永远回不来了呢。"

妈翻看着爸买回来的东西，用勺子把红糖舀进一个铁皮杯里。爸在独立镇买了糖。"你的咖啡很快就好了，查尔斯。"妈说。

"这里和独立镇之间下雨了。"爸告诉她们,"回来的路上,泥浆冻在了轮子的辐条之间,后来整个车轮都封住了。我只好从车上下来,把泥浆捣掉,马才能拉得动马车。可是没走几步,又得下车去捣泥浆。只有这样才能让帕特和帕蒂顶风往前走。它们都累坏了,脚步踉踉跄跄。我从没见过这么厉害的风,像刀子一样。"

他在镇上的时候就起风了。人们对他说最好等风停了再走,可是他归心似箭。

"我真弄不懂,"他说,"为什么他们管南风叫北风,为什么从南边刮来的风会这么冷。我从没见过这样的风。在这片土地上,吹到北边来的南风是我听说过的最冷的风。"

爸喝了咖啡,用手帕擦了擦胡子,说:"啊!这正是我需要的,卡罗琳!现在我开始解冻了。"

然后,他两眼亮晶晶地看着妈,叫妈打开桌上那个四四方方的包裹。"小心点儿,"他说,"别掉在地上。"

妈把包裹打开一半,停住手说道:"哦,查尔斯!不会吧!"

"打开吧。"爸说。

方方正正的包裹里是八块方方正正的窗玻璃。家里的小屋有玻璃窗了。

玻璃一块也没有碎。这么远的路,爸把它们安全地运回了家。妈摇摇头，说爸不该花这么多钱，可是妈的脸上乐开了花，爸也开心地哈哈大笑。全家人都高兴极了。整个冬天他们都能尽情地往窗外望，外面的阳光也能洒进来。

爸说，他认为妈、玛丽和劳拉都会喜欢玻璃窗，这比其他任何礼物都好。爸是对的，确实如此。而且爸不只给她们带回了玻璃，还有满满一小纸袋纯白糖。妈打开纸袋，玛丽和劳拉看着美丽的亮晶晶的糖，每人尝了一小勺。然后妈就把它小心地捆扎起来，他们有白糖可以招待客人了。

最棒的是，爸安全回家了。

劳拉和玛丽回到床上，感觉全身舒坦。只要爸在，一切都好了。现在有了铁钉、玉米面、猪油、盐，什么都有了，爸可以很长时间不用再到镇上去了。

第十八章
高个子印第安人

　　这股北风在大草原上狂吼、尖叫呼啸了整整三天，才慢慢停息。现在阳光明媚，微风习习，但是空气里已然有了几分秋意。

　　印第安人骑马经过小屋近旁的那条小路。他们来来往往，就好像小屋不存在似的。

　　他们瘦瘦的，皮肤黧黑，赤裸着身体，骑在小矮马上，没有马鞍也没有笼头。他们直挺挺地坐在矮马光裸的背上，从不东张西望。但是他们的黑眼睛却闪闪发亮。

　　劳拉和玛丽靠在墙边，抬头望着印第安人，看见他们红褐色的皮肤在蔚蓝天空的衬托下格外醒目,头顶上的头发用彩色带子绑着,羽毛微微飘动。印第安人的脸就像爸给妈做托架用的那种红褐色木头。

"我本来以为那是一条很老的小路,他们不再使用了。"爸说,"如果知道它是大马路,我绝不会把房子盖得离它这么近。"

杰克不喜欢印第安人,妈说这不能怪它。妈说:"真是的,这里的印第安人越来越多,我一抬眼就能看见一个。"

她说着抬头一看,眼前果然站着一个印第安人。印第安人就站在门口看着他们,可他们居然一点儿脚步声也没听见。

"天哪!"妈惊呼道。

杰克不声不吭地扑向印第安人。爸及时地一把抓住它的项圈。印第安人没有动。他一动不动地站着,似乎杰克压根儿就不存在。

"好!"他对爸说。

爸抓住杰克,回答道:"好!"他把杰克拖到床柱上牢牢绑住。他这么做的时候,印第安人走进屋,坐在火边。

爸在印第安人身边坐下来,他们友好地坐在一起,但没有说一句话,妈把午饭做好了。

劳拉和玛丽默默坐在墙角的小床上,互相挨得很近。她们的眼睛一直盯着印第安人。印第安人一动不动,头顶上那根漂亮的老鹰羽毛也是静止的,只有赤裸的胸膛和肋骨下的肌肉随着呼吸微微起伏。他裹着带流苏的皮绑腿,鹿皮鞋上缀满了珠子。

妈把午饭盛在两个锡皮盘子里端给爸和印第安人,他们不出声地吃着。然后爸给了印第安人一些烟草。他们装满烟斗,用火里的煤块点燃烟草,默默地把烟斗抽空。

这期间没有人说话。抽完烟后,印第安人对爸说了句什么。爸摇摇头,说:"不说话。"

他们又默默地坐了一会儿。然后印第安人站起身,一声不响地走了。

"谢天谢地!"妈说。

劳拉和玛丽跑到窗口,看见印第安人骑着一匹矮马远去的直挺挺的后背。他膝盖上架着一杆长枪,两头儿从身子两边伸出来。

爸说这个印第安人可不是普通老百姓。从他头顶上的那束头发看,爸猜他是个奥萨格部落的人。

"如果我没有猜错的话,"爸说,"他说的是法语。真希望我能听懂几句那种话。"

"印第安人别来妨碍我们,"妈说,"我们也不会去妨碍他们。我不喜欢印第安人在周围碍手碍脚。"

爸叫妈不要担心。

"那个印第安部落是相当友好的。"爸说,"他们在悬崖下面的营地也非常平静。只要我们善待他们,看住杰克,就不会有什么麻烦。"

就在第二天,爸开门去马厩的时候,劳拉看见杰克站在印第安人的小路上。杰克站着不动,龇牙咧嘴,背上的毛都竖了起来。它面前的小路上,有一个骑着矮马的高个子印第安人。

印第安人和矮马几乎完全静止。杰克清清楚楚地告诉他们,如果敢动一动,它就会扑上去。只有印第安人头顶上的老鹰羽毛在风中飘舞着。

印第安人看见爸,举起枪来瞄准杰克。

劳拉向门口跑去,爸比她动作更快。爸冲过去挡在杰克和那杆枪之间,弯腰抓住项圈把杰克拎了起来。他把杰克从印第安人面前带走,印第安人骑着马继续顺着小路往前走。

爸叉开双脚站着,手插在口袋里,注视着印第安人在大草原上渐行渐远。

"真是好悬啊!"爸说,"唉,那是他的路,是印第安人的路,早在我们来之前就是了。"

爸在墙的木头上钉了一根铁链,用它拴住杰克。从那以后,杰克就一直被拴着了。白天拴在家里,夜里拴在马厩门上。因为现在这片地方有盗马贼了,他们偷走了爱德华兹先生的马。

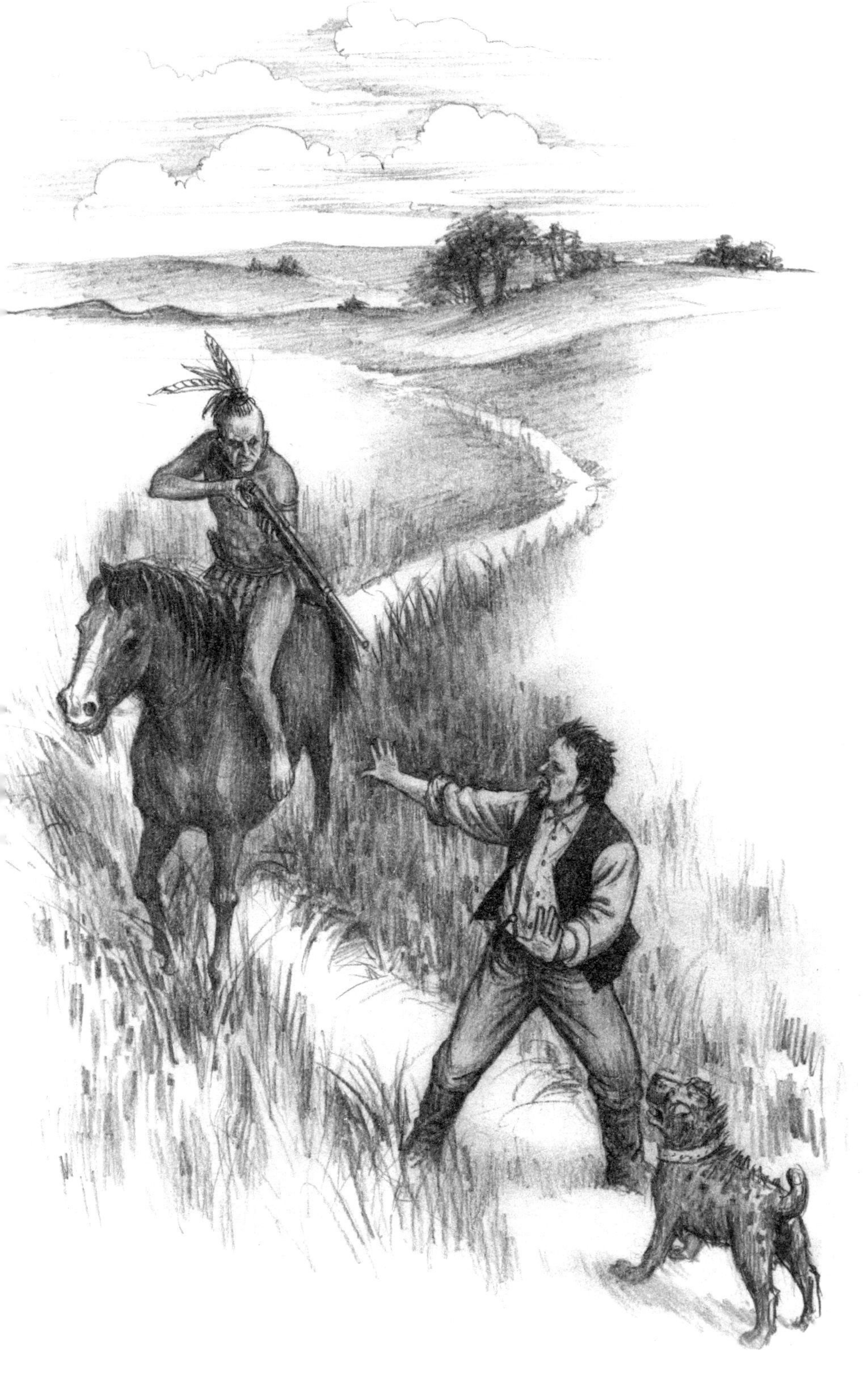

杰克因为被拴着，脾气变得越来越坏。它不肯承认那条小路是印第安人的，认为小路属于爸。劳拉知道，如果杰克伤害了一个印第安人，他们就会大祸临头。

冬天到来了。灰蒙蒙的天空下，草也变得灰暗无光。风凄厉地哀号着，似乎在寻找它们不可能找到的东西。野兽们换上了冬天厚厚的皮毛，爸在溪谷里放置了捕兽夹。他每天都去检查捕兽夹，每天都去打猎。现在夜里寒冷刺骨，爸打了鹿肉来吃。爸打狼和狐狸取它们的皮毛，那些捕兽夹逮住了河狸、麝鼠和水貂。

爸把这些皮毛摊在屋外，仔细地钉好、晾干。夜里，他用双手把晾干的皮毛揉搓得松松软软，放在墙角那堆皮毛里。那堆皮毛每天都在增加。

劳拉喜欢抚摩红狐狸浓密的皮毛。她还喜欢河狸柔软的褐色皮毛，以及浓密的狼毛。但是她最喜欢的是丝绸般的水貂皮。爸把所有这些皮毛都存着，开春到独立镇去换东西。劳拉和玛丽戴上了兔皮帽，爸的帽子是麝鼠皮做的。

有一天，爸出去打猎，两个印第安人来了。他们大摇大摆地走进屋子，因为杰克被拴住了。

这两个印第安人浑身脏兮兮的，满脸阴沉，看上去脾气很不好。看他们的样子，就好像这屋子是他们的。他们一个看看妈的碗柜，把玉米面都拿走了；另一个拿走了爸的烟草包。他们看了看爸架枪的大木钉，然后其中一个抱起了那堆皮毛。

　　妈抱着小宝宝卡瑞,玛丽和劳拉站在她身边。她们看着那个印第安人拿走爸的皮毛,却没有办法阻止他。

　　印第安人把皮毛抱到门口,另一个印第安人对他说了些什么。他们用嗓子里发出的粗哑声音交谈了几句后,他扔下了那堆皮毛,然后离开了。

　　妈坐了下来,紧紧搂住玛丽和劳拉,劳拉感觉到妈的心在怦怦地跳。

　　"还好,"妈笑着说,"他们没有把犁和种子拿走。"

　　劳拉听了很吃惊,问道:"哪来的犁呀?"

　　"明年我们用的犁和种子都用那堆皮毛去换呢。"妈说。

　　爸回来后,她们告诉他那两个印第安人的事,爸神色凝重。但是他说还算万幸,有惊无险。

　　那天夜里,玛丽和劳拉躺在床上后,爸拉起了小提琴。妈抱着小宝宝卡瑞,坐在摇椅里摇晃,跟着小提琴的音乐,开始轻轻哼唱:

　　　　　印第安女郎在旷野徜徉,
　　　　　她是聪明的阿法拉塔,
　　　　　蓝色的朱念答河
　　　　　在她身边流淌。
　　　　　我的箭结实粗壮,

插在我彩绘的箭囊,
我的小划子轻盈敏捷,
顺着河水驶向远方。

我们的武士勇敢无畏,
阿法拉塔把他放在心上,
他头顶上灿烂的羽毛
在朱念答河骄傲地飘扬。
他用低柔的声音跟我说话,
他战斗的呐喊那么响亮,
雷鸣一般传到远方,
响彻了河谷山冈。

印第安女郎在歌唱,
她是聪明的阿法拉塔,
蓝色的朱念答河啊,
在那里静静流淌。
阿法拉塔的歌声流逝
如同那消逝的时光,
蓝色的朱念答河
仍在那里静静流淌。

妈的歌声和小提琴的琴声轻轻消失了。劳拉问道:

"妈,阿法拉塔的歌声到哪里去了?"

"天哪!"妈说,"你还没有睡着吗?"

"我这就睡。"劳拉说,"可是请告诉我,阿法拉塔的歌声去了哪里?"

"哦,我猜是往西去了,"妈回答道,"印第安人都那么做。"

"他们为什么那么做,妈?"劳拉问,"他们为什么要往西去?"

"他们不得不去。"妈说。

"为什么不得不去?"

"是政府要他们去的,劳拉。"爸说,"好了,快睡觉吧。"

爸又轻轻拉了会儿小提琴。然后劳拉问道:"求求你,爸,我能再问一个问题吗?"

"应该说'可不可以'。"妈说。

劳拉重新说:"爸,求求你,我可不可以……"

"什么问题?"爸问。小姑娘打断别人的话是不礼貌的,但是当然啦,爸可以这么做。

"政府会让这些印第安人往西去吗?"

"会的。"爸说,"白人到一个地方定居,印第安人就必须离开。政府随时都会让这些印第安人迁到遥远的西部去。所以我们才会来这里,劳拉。白人要在这片地方定居,我们得到最好的土地,因为先来先挑。现在明白了吗?"

"明白了,爸。"劳拉说,"可是,爸,我本来以为这里是印第安人定居的地方。印第安人被逼着离开,他们不会生气吗……"

"不许再提问了,劳拉。"爸严厉地说,"快睡觉吧。"

第十九章
爱德华兹先生遇见圣诞老人

白天变得很短、很冷,风凄厉地呼啸着,但是没有下雪。寒冷的雨一场接一场。每天都在下雨,雨点啪啪地打在屋顶上,从屋檐上落下来。

玛丽和劳拉坐在火边,一边听着外面哗哗的雨声,一边缝她们的九块补丁拼成的被子,或者用包装纸剪娃娃。每天夜里都冷极了,以为第二天会看到雪,可是到了早晨,依然只看见肃杀的、湿漉漉的茅草。

她们把鼻子贴在爸爸的玻璃窗上,庆幸能够看见外面。真希望能够看到雪啊。

劳拉心里着急,圣诞节就要到了,没有雪,圣诞老人就不能驾着他的驯鹿出来。玛丽担心即使下了雪,圣诞老人也找不到她们,因为她们是在这么遥远的印第安人居住区。她们去问妈,妈说她也不知道。

"今天几号了?"她们急切地问妈,"离圣诞节还有几天?"她们扳着手指数日子,最后只剩下一天了。

那天早晨,雨还在下。天空灰蒙蒙的,一丝亮光儿也没有。她们觉得肯定没法儿过圣诞节了,可是心里仍存着一线希望。

接近中午的时候,天色变了。乌云散开,云朵在清澈的蔚蓝色天空里白得耀眼。太阳出来了,鸟儿唱起歌来,成千上万的小水珠在草叶上晶莹闪烁。可是,当妈打开门让清凉的空气进来时,她们听见小溪哗哗的流水声。

她们没有想到那条小溪,现在知道肯定过不了圣诞节了,因为圣诞老人不可能越过那条咆哮的小溪。

爸回来了,带来一只胖胖的大火鸡。爸说,如果它没有二十磅,他就把它连毛带骨头全吃了。他问劳拉,"这顿圣诞大餐怎么样?你觉得你能吃得了这样一只鸡腿吗?"

劳拉说没问题,她能吃得了。可是她的脸上没有笑容。玛丽问爸小溪的水位是不是下降了,爸说还在上涨。

妈说真是糟糕。她不愿意想到爱德华兹先生在圣诞节孤零零地一个人做饭吃。他们已经邀请爱德华兹先生过来一起吃圣诞午餐,可是爸摇摇头,说现在要想蹚过那条小溪,简直是拿自己的生命当儿戏。

"不可能,"爸说,"水流太急了。我们只能认定爱德华兹先生明天不会来了。"

当然啦,这意味着圣诞老人也不会来了。

劳拉和玛丽尽量不往心里去。她们看妈收拾那只野火鸡。真是一只肥肥胖胖的大火鸡。妈说,她们是幸运的小姑娘,住在结实的小屋里,坐在温暖的炉火旁,还有这样一只火鸡做圣诞大餐。妈说的是实情。妈说真遗憾圣诞老人今年不能来了,但她们是很乖的小姑娘,圣诞老人不会忘记她们的,明年肯定会来。

她们还是不开心。

那天吃过晚饭,她们洗干净手和脸,扣上红色法兰绒睡衣的纽扣,系好睡帽的带子,神情严肃地念了祷词。她们在床上躺下来,盖好被子。这感觉一点儿也不像圣诞节。

爸和妈默默地坐在火边。过了一会儿,妈问爸为什么不拉小提琴,爸说,"我觉得好像没有心情,卡罗琳。"

又过了一会儿,妈突然站了起来。

"姑娘们,我要把你们的长袜子挂起来,"妈说,"说不定会发生点儿什么事。"

劳拉的心欢跳起来。接着她又想起了那条小溪，知道什么事也不会发生。

妈拿出玛丽的一只干净长袜和劳拉的一只干净长袜，挂在壁炉架上，炉子两边各挂一只。劳拉和玛丽从被子上面注视着妈。

"好了，快睡觉吧。"妈吻了吻她们，"睡着了，明天就会来得更快。"

妈又在火边坐下来，劳拉迷迷糊糊地快睡着了。蒙眬中，她听见爸说："你只是把事情弄得更糟了，卡罗琳。"接着似乎又听见妈说，"不，查尔斯，还有白糖呢。"也许她是在做梦吧。

突然，她听见杰克凶猛地狂吠起来。门闩咔啦啦地响，有人说道，"英格尔斯！英格尔斯！"爸正在捅火，当他把门打开时，劳拉看到天已经亮了，屋外灰蒙蒙的。

"我的天哪，爱德华兹！快进来，伙计！出什么事了？"爸惊讶地喊道。

劳拉看见长袜软绵绵地耷拉着，便闭上眼睛，把脸埋在枕头里。她听见爸给炉子里添了木柴，还听见爱德华兹先生说他把衣服顶在头上，游过了小溪。他的牙齿嘚嘚打战，声音也在发抖。他说，只要暖和过来就没事了。

"这太冒险了，爱德华兹。"爸说，"你来了我们很高兴，可是为了一顿圣诞大餐，冒这么大的风险不值得呀。"

"一定要让你们家小姑娘过一个圣诞节。"爱德华兹先生回答，"我从独立镇把给她们的礼物带回来了，什么样的河水都别想挡住我。"

劳拉一下子从床上坐了起来。"你看见圣诞老人了？"她喊了起来。

"当然看见了。"爱德华兹先生说。

"在哪儿？什么时候？他长得什么样儿？他说什么了？他真的托你给我们带东西了？"玛丽和劳拉大声问。

"等等，等等！"爱德华兹先生大笑着说。接着，妈说她要按照圣诞老人的意思，把礼物放在长筒袜里。她说她们都不许看。

爱德华兹先生走过来坐在小床边的地板上，回答了她们提出的每一个问题。她们很诚实，使劲忍着不去看妈，所以没有看清妈在做什么。

爱德华兹先生说，他看见溪水上涨，就知道圣诞老人肯定过不来了。"可是你过来了。"劳拉说。"是的，"爱德华兹先生回答，"但圣诞老人又老又胖。我这样一个细瘦精干的人能做到的事，他可做不到。"爱德华兹先生还分析说，既然圣诞老人过不了小溪，他到了独立镇就不会再往南来了。为什么要在大草原上白白地跑四十英里再返回去呢？他当然不会那么做！

因此，爱德华兹先生就走到独立镇去。"冒着雨吗？"玛丽问。爱德华兹先生说他穿了雨衣。结果，就在独立镇的街上，他遇见了圣诞老人。"在大白天吗？"劳拉问。她没有想到大白天也能看见圣诞老人。不是，爱德华兹先生回答，是晚上，但是酒吧里的灯光照到了街上。

圣诞老人见到他，第一句话就是："你好，爱德华兹！""他认识你？"玛丽问。劳拉的问题是，"你怎么知道他真的是圣诞老人？"爱德华兹先生说圣诞老人认识每一个人。而他是从圣诞老人的胡子一眼认出来的。圣诞老人有着密西西比州西部最长、最密、最白的胡子。

圣诞老人说："你好，爱德华兹！我上次看见你睡在田纳西州的一张玉米壳铺的床上。"爱德华兹先生清楚地记得那次圣诞老人给他留下的那双红色棉线手套。

然后圣诞老人说："我知道你目前住在铜绿河边。你有没有在那儿附近碰到两个小姑娘，名叫玛丽和劳拉的？"

"我跟她们很熟的。"爱德华兹先生回答。

"我心里一直放不下一件事。"圣诞老人说，"她们俩都是很乖、很漂亮、很懂事的小姑娘，我知道她们在等着我去。我真不愿意让这样两个懂事的小姑娘失望。可是溪水上涨得这样厉害，我不可能过得去。今年我没有办法去她们的小屋了。爱德华兹,"圣诞老人说,"这次你能帮我把她们的礼物捎给她们吗?"

"我非常乐意。"爱德华兹先生对他说。

于是圣诞老人和爱德华兹先生走向路边的拴马桩,驮包裹的骡子就拴在那里。"圣诞老人没有带着驯鹿吗?"劳拉问。"你知道他不能,"玛丽说,"因为没有下雪。"一点儿不错,爱德华兹先生说。圣诞老人在西南部是用骡子驮包裹的。

圣诞老人解开包裹,往里面看了看,拿出给玛丽和劳拉的礼物。

"哦,是什么呀?"劳拉喊道。玛丽却问:"然后他做了什么?"

然后圣诞老人跟爱德华兹先生握手,就翻身上了他那匹枣红色的骏马。圣诞老人身材肥胖、体态臃肿,骑马倒是一把好手。他把那一大把长长的白胡子塞到大手帕下面。"再会,爱德华兹。"他说完就吹着口哨,顺着道奇堡的那条小路骑马走了,后面拖着那头骡子。

劳拉和玛丽沉默了一会儿,想着那场景。

这时妈说:"姑娘们,你们可以看了。"

劳拉的长袜子顶上有个东西闪闪发亮。她尖叫一声,从床上跳了下来。玛丽也一跃而起,可是劳拉比她先跑到壁炉前。那亮晶晶的东西是一个崭新的铁皮杯。

玛丽也有一个完全一样的铁皮杯。

大草原上的小木屋 DACAOYUANSHANGDEXIAOMUWU

这两个铁皮杯完全属于她们,现在她们有自己的杯子用了。劳拉乐得跳上跳下,又喊又笑;玛丽只是一动不动地站在那里,用亮闪闪的眼睛看着自己的铁皮杯。

她们又把手伸进长袜子。这次掏出来的是两根长长的糖棒,是薄荷味的糖,有红白相间的条纹。她们盯着糖棒看了又看。劳拉舔了一下自己的糖棒,只舔了一下。玛丽就没有这么贪嘴,她一口也没有舔。

长袜子里还有东西呢。玛丽和劳拉又掏出两个小包裹。打开一看,每个里面是一块心形的小蛋糕。精致的褐色表面撒着白色的糖霜。糖霜晶莹闪烁,看上去真像细细的雪粒。

蛋糕太漂亮了,玛丽和劳拉都舍不得吃,只是盯着它们看。最后,劳拉把她的蛋糕翻过来,在底下不显眼的地方小心地啃了一点点。小蛋糕里面是白色的!

蛋糕是用纯白面粉做的,加了白糖。

劳拉和玛丽差点儿不再往长袜里看了。铁皮杯、蛋糕和糖棒已经太丰富了,她们高兴得说不出话来。可是妈问她们有没有弄清袜子里是否已经空了。

于是她们又把手伸进了长袜。

在每只袜子的脚尖部分,有一枚崭新的、闪闪发亮的一分钱硬币!

她们从没想过拥有一分钱是什么滋味。想想吧,完全属于自己的一分钱。想想吧,一个杯子、一块蛋糕、一根糖棒，再加上一分钱。

从来没有经历过这样的圣诞节。

当然啦，劳拉和玛丽应该马上感谢爱德华兹先生大老远地从独立镇给她们带回这些漂亮的礼物，可是她们把爱德华兹先生完全忘记了，甚至把圣诞老人也忘记了。一分钟后她们肯定会想起来的，可是没等她们回过神来，妈就温和地说："你们不向爱德华兹先生表示感谢吗？"

"哦，谢谢你，爱德华兹先生！谢谢你！"她们说，这感谢是完全发自内心的。爸跟爱德华兹先生握了握手，又握了握手。爸、妈和爱德华兹先生好像都忍不住要哭的样子，劳拉不明白是为什么。于是她又去端详那些美丽的礼物了。

她突然听见妈抽了口冷气，抬头一看，爱德华兹先生正从口袋里掏出红薯来。他说他游过小溪时，红薯装在口袋里可以保持平衡。他想爸和妈也许会喜欢红薯，跟圣诞节火鸡配在一起。

一共有九块红薯，也是爱德华兹先生大老远地从镇上带回来的。这份礼太重了。"实在太重了，爱德华兹。"爸说。他们怎么感谢他都不够。

玛丽和劳拉太兴奋了，吃不下早饭。她们用亮晶晶的新杯子喝了牛奶，但炖兔肉和玉米糊糊一口也咽不下去。

"别逼她们了,查尔斯,"妈说,"很快就该吃午饭了。"

圣诞大餐就是那只肥嫩多汁的烤火鸡,还有红薯,在炉灰里烤熟,仔细擦干净,可以连皮一起吃,还有用最后一点儿白面粉做的一大块盐发面包。

在这些之后,还有炖黑莓干和小蛋糕。但这些小蛋糕是红糖做的,上面没有亮晶晶的白色糖霜。

饭后,爸、妈和爱德华兹先生坐在火边,回忆田纳西州和北边大森林的圣诞节。玛丽和劳拉看着她们的漂亮蛋糕,玩那个硬币,用新杯子喝水。她们一小点儿一小点儿地舔和吮吸糖棒,最后糖棒一头儿变得尖尖的。

那是一个快乐的圣诞节。

第二十章
夜里的尖叫

　　白天变得很短，天色阴沉，夜晚非常黑暗和寒冷。乌云低沉地悬在小木屋上空，笼罩着荒凉的茫茫大草原。秋雨绵绵，有时狂风带来了雪。硬硬的雪粒在风中旋舞，掠过东倒西歪的枯草。第二天，雪停了。

　　爸每天都出去打猎，下套子。在舒适的、温暖的小屋里，玛丽和劳拉帮妈干活儿，然后缝被子。她们和卡瑞一起玩"帕蒂糕"的游戏，还玩"藏顶针"，还用一根细绳和十根手指玩"翻绳儿"。她们还玩"热豆粥"——面对面站着，互相对拍巴掌，一边打拍子一边念道：

夜里的尖叫

  热豆粥，
  凉豆粥，
  热粥在锅里，
  放到第九天。

  有人吃热粥，
  有人吃凉粥，
  有人把粥放锅里，
  放到第九天。

  我爱吃热粥，
  我爱吃凉粥，
  我爱把粥放锅里，
  放到第九天。

  这倒是真的。什么样的晚饭也没有稠稠的豆粥好吃，里面放了咸肉丁。爸打猎回家，满身寒气地进门时，妈把粥盛进铁皮盘子里。劳拉喜欢吃热粥，也喜欢吃凉粥，豆粥放多久味道也不变。但是从来没有真的放九天。在那之前他们就把粥吃光了。

  风一直在刮，尖叫，咆哮，哀号，哭泣。他们已经听惯了风声。听了整个白天，夜里睡梦中也听风的呼啸。有一天晚上，突然听见一声非常可怕的尖叫，他们全都被惊醒了。

爸从床上跳了下来,妈说:"查尔斯!什么声音?"

"一个女人在尖叫。"爸说,一边手忙脚乱地穿上衣服,"好像是从司各特家传出来的。"

"哦,会出什么事呢!"妈惊呼道。

爸正在穿靴子。他把一只脚伸进去,用手指勾住长筒靴顶部的鞋带,使劲一拽,脚重重地跺在地板上,靴子就穿好了。

"也许司各特病了。"爸说着,穿上第二只靴子。

"你不会是认为……"妈压低声音问。

"不。"爸说,"我一直跟你说,他们不会惹事的。他们在悬崖下面的营地里非常太平、安静。"

劳拉动身从床上爬起来,妈说:"躺下别动,劳拉。"于是劳拉又躺下了。

爸穿上那件暖和的鲜艳条纹大衣,戴上毛皮帽子和围巾。他点燃提灯里的蜡烛,拿上枪,匆匆走出门去。

在爸出去把门关上时,劳拉看见了外面的夜色:一片漆黑,没有一颗星星在闪亮。劳拉从没见过这样浓得化不开的黑暗。

"妈!"她说。

"怎么啦,劳拉?"

"天为什么这样黑?"

"暴风雪要来了。"妈回答。她把拴锁带拉进来,往炉子里添了一根木柴,然后回到床上。"睡吧,玛丽,劳拉。"她说。

可是妈没有睡,玛丽和劳拉也没有睡。她们睁着眼睛躺在那里,侧耳聆听。可除了呜呜的风声,什么也听不见。

玛丽把脑袋钻到被子底下,低声对劳拉说:"真希望爸赶紧回来。"

劳拉在枕头上点点头,什么也没说。她仿佛看见爸走在悬崖顶上,走在通向司各特先生家的那条小路上。烛光从铁皮提灯上掏出的洞眼儿照射出来,一个个闪烁的小光点似乎被沉沉的黑夜吞没了。

过了很久,劳拉轻声说:"天肯定快要亮了。"玛丽点点头。她们一直躺在那里听着风声。爸没有回来。

在凄厉的狂风中,她们又听见了那种可怕的尖叫声,似乎离小屋很近。

劳拉也尖叫起来,一下子从床上跳起来。玛丽钻到了被子里。妈起身匆匆地穿衣服。她又往炉火里添了一根柴火,叫劳拉回去睡觉。可是劳拉苦苦地央求妈,妈只好答应她不回床上去。"用披巾把自己裹起来。"妈说。

她们站在火边听着。除了风声什么也听不见。她们也做不了什么事情,但至少没有躺在床上。

突然,有拳头砰砰地砸门,爸在外面喊道:"让我进来！快，卡罗琳！"

妈打开门，爸迅速闪身进来并把门关上。爸上气不接下气，把帽子往后推了推，说："哎呀！吓死我了！"

"怎么回事，查尔斯？"妈问。

"一头豹子。"爸说。

当时，爸以最快的速度匆匆赶往司各特先生家。到了那儿，屋里一片漆黑，什么动静也没有。爸在屋外转了一圈，仔细倾听，用提灯照来照去，没有发现任何异常。他觉得自己像个傻瓜，竟然大半夜地起床穿好衣服，走了两英里路过来，其实听到的不过是风的呼啸。

他不想让司各特夫妇知道这件事，就没有去把他们叫醒。他只想赶紧回家，因为冷得刺骨。他匆匆走在悬崖边的小路上，突然听见脚下又传来那种尖叫。

"告诉你吧，我的头发连根竖起，把帽子都顶起来了。"他对劳拉说，"我像一只受了惊吓的野兔一样往家跑。"

"那头豹子在哪儿，爸？"劳拉问他。

"在树梢上。"爸说，"就是长在崖壁上的那棵大杨树的树梢上。"

"爸，它来追你了吗？"劳拉问。爸说，"我不知道，劳拉。"

"好了，你现在安全了，查尔斯。"妈说。

"是啊，真是谢天谢地。这么漆黑的夜晚，跟豹子一起待在外面可真够呛。"爸说,"对了,劳拉,我的脱靴器呢?"

劳拉给爸拿来了。脱靴器是一块薄薄的橡木板,头儿上有一道凹槽,一根木条横着钉在木板中间。劳拉把它放在地上,有木条的那一面朝下,让有凹槽的那头儿翘起来。爸一只脚站在上面,把另一只脚卡进凹槽,这样,爸从靴子里把脚抽出来的时候,凹槽就卡住了靴跟。爸又用同样的方法脱掉了另一只靴子。靴子很紧,但有了脱靴器,就不成问题了。

劳拉看着爸脱靴子,问道:"豹子会把小女孩叼走吗,爸?"

"会的。"爸说,"还会把她咬死,吃掉。在我把那头豹子打死之前,你和玛丽必须待在屋里。天一亮,我就拿枪去找它。"

第二天,爸一直在搜寻那头豹子。第三天、第四天也是如此。他找到了豹子的脚印,还发现了豹子吃的一只羚羊的皮毛和骨骸,可是哪儿也找不到豹子。豹子在树梢上来去如风,没有留下任何痕迹。

爸说不把那头豹子打死决不罢休。他说:"在一个有小姑娘的地方,可不能允许豹子跑来跑去。"

爸没能把豹子打死,却也不再去搜寻它了。有一天,他在树林里碰见一个印第安人。他们站在寒冷潮湿的树丛中,望着对方,却无法交谈,因为听不懂对方的

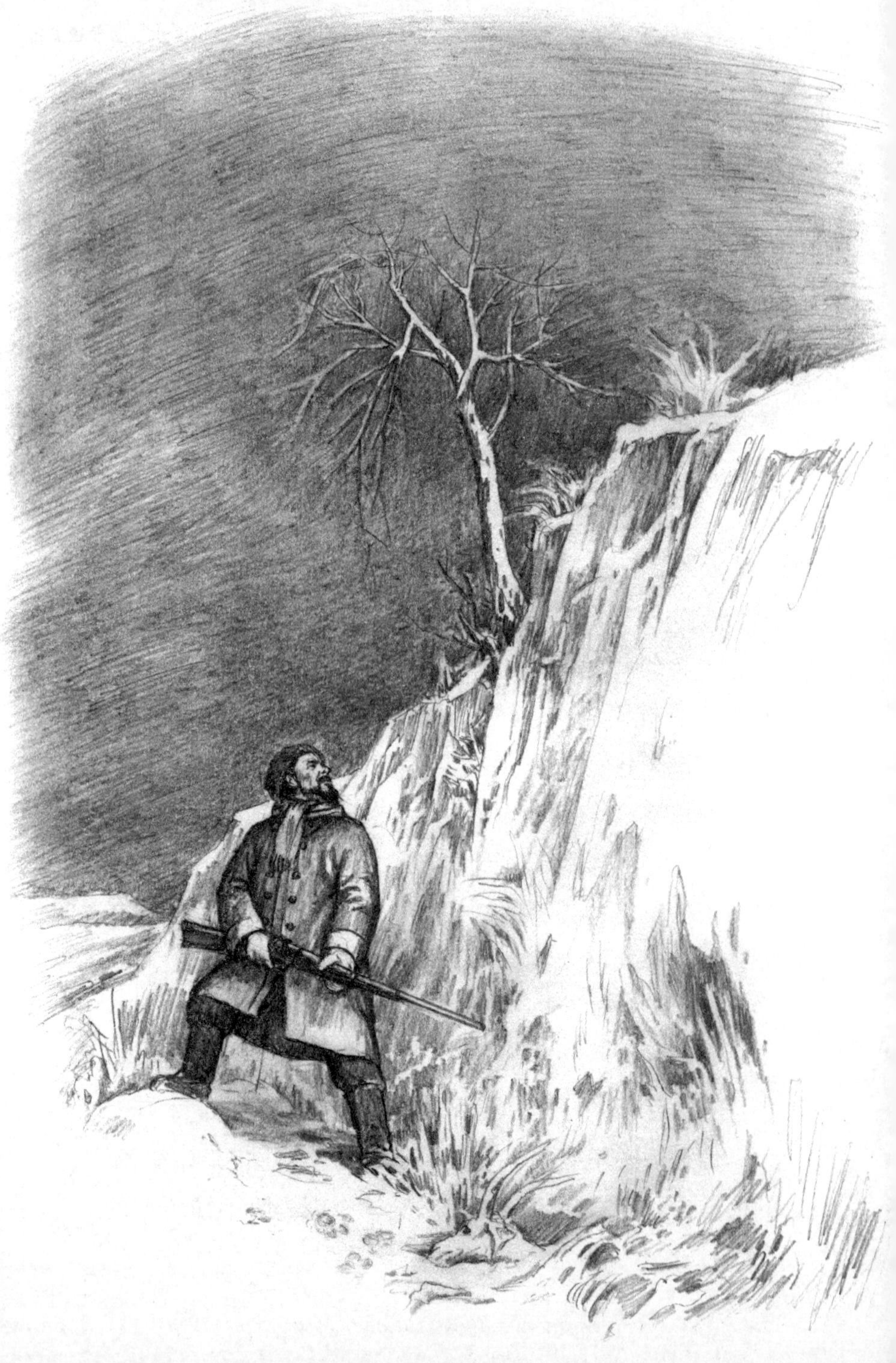

话。印第安人指了指豹子的脚印，又用枪比画了几下，告诉爸，他把那头豹子打死了。他指指树梢，再指指地上，告诉爸，他把豹子从一棵树上射了下来。然后他指指天空，西边、东边，表示他是前一天打死豹子的。

这就行了。豹子死了。

劳拉问豹子会不会叼走印第安小姑娘，并把她咬死、吃掉，爸说会的。也许，这就是印第安人杀死那头豹子的原因吧。

第二十一章
印第安人的狂欢

冬天终于结束了。风柔和多了，严寒过去了。一天，爸说他看见一群野雁向北飞去。现在可以把他的那些皮毛拿到独立镇去了。

妈说："印第安人离得这么近！"

"他们非常友好。"爸说。他打猎的时候经常在树林里碰见印第安人，对印第安人没什么可担心的。

"是的。"妈说。可是劳拉知道妈害怕印第安人。"你非去不可，查尔斯，"妈说，"我们必须要有犁和种子，而且你很快就会回来的。"

第二天天还没亮，爸就把帕特和帕蒂套在马车上，把那些皮毛放在车里，赶车出发了。

劳拉和玛丽一天天数着那些漫长而冷清的日子。一天，两天，三天，四天，爸还没有回来。第五天早晨，她们开始十分热切地盼望爸。

这是一个晴朗的日子，风仍然带着一些寒意，但已经有了春天的气息。一望无际的蔚蓝天空里回荡着野鸭的嘎嘎叫声和野雁的高亢啼鸣。一个个黑点排成的野雁长队正在往北飞去。

劳拉和玛丽在屋外宜人的天气里玩耍。可怜的杰克看着她们叹气。它再也不能奔跑嬉戏，因为被拴住了。劳拉和玛丽想方设法安慰它，可是它不需要她们的爱抚。它希望像以前一样重新获得自由。

那天上午爸没有回来。下午他也没有回来。妈说用皮毛换东西肯定花了他很多时间。

下午，劳拉和玛丽在玩"跳房子"游戏。她们用一根树枝在院子的泥土地上画出道道。玛丽其实不想玩跳房子。她快要满八岁了，觉得跳房子不是淑女玩的游戏。可是劳拉连哄带劝，说如果她们在屋外玩，爸一出溪谷肯定就能看见。于是玛丽就跟她一起玩跳房子了。

突然，她单脚停在那里，问道："那是什么？"

劳拉已经注意到了那个奇怪的声音，正在仔细地听。"是印第安人。"

玛丽的另一只脚也落下来，站在那里像凝固了一样，她吓坏了。劳拉倒没有吓坏，只是那声音使她感到奇怪。是很多很多印第安人在急速地说话，像一把斧头在砍树，又像一条狗在狂吠，又像在唱一首歌，却跟劳拉以前听过的歌都不一样，那是一种野性而激烈的声音，但其中并没有怒气。

劳拉想听得更清楚些。她听不真切，因为声音被山丘、树木和风挡住了，而且杰克在一声接一声地疯狂吼叫。

妈走到屋外，听了一会儿，然后叫玛丽和劳拉都进屋去。妈把杰克也牵了进去，并把拴锁带拉进门里。

她们不再玩了，而是望着窗外，仔细听那种声音。在屋里更难听清楚了。声音时高时低，一直没有停止。

妈和劳拉早早儿地把杂活儿干完。她们把小兔、母牛和小牛犊锁在马厩里，把牛奶拿进屋。妈把牛奶过滤了收好，从井里打了一桶清水；劳拉和玛丽把柴火抱进来。这期间那声音一直在响，此刻变得更高亢、更激烈了，劳拉的心跳在加快。

她们都进了屋，妈把门拴好。拴锁带已经在门里了。她们要到明天早晨才会出去。

太阳慢慢落在大草原的边缘，天边映着粉红色的晚霞。昏暗的小屋里火光闪烁，妈在准备晚饭，可是劳拉和玛丽默默地看着窗外。她们看见外面的一切都褪去了色彩。大地上暗影浮动，天空是一片清澈的浅灰色。溪谷底部的声音一直没有停止，越来越响，越来越激烈。劳拉的心跳也越来越快。

听见马车声时，她真想大声喊叫！她跑到门口，一个劲儿地蹦跳，却没法儿把门打开。妈不让她出去。妈自己走了出去，帮爸把那些大包小包拿进来。

爸怀里抱满了东西走进来，劳拉和玛丽抓住他的袖子，跳到他的脚上。爸发出他那爽朗的大笑。"嘿！嘿！别把我拽倒了！"他笑着说，"你们把我当成什么啦？一棵可以爬的树吗？"

爸把包裹扔在桌上，亲热地紧紧搂住劳拉，然后松开，又一下子搂住。他用另一只胳膊把玛丽舒舒服服地拥在了怀里。

"快听，爸，"劳拉说，"听那些印第安人的声音！他们为什么总发出那么奇怪的声音呀？"

"哦，他们在举行某种狂欢仪式呢，"爸说，"我穿过溪谷的时候听见了。"

然后爸出去给马解开缰绳，把其他的包裹也拿进来。他买了犁铧，放在马厩里了，为了安全起见，把所有的种子都拿进了屋里。他买了糖，但这次不是白糖，而是红糖。白糖太贵了。他买了一点儿白面粉，还有玉米面、盐、咖啡，和他们需要的所有种子。爸甚至还买了作种的土豆。劳拉真想吃那些土豆啊，可是必须留着它们播种。

接着，爸满脸喜滋滋地打开一个小纸包，里面都是薄脆饼干。他把纸包放在桌子上，饼干旁边还有满满一玻璃罐绿色的酸黄瓜。

"我觉得我们要好好犒劳自己一下。"爸说。

劳拉流口水了。妈看着爸，眼里闪着温柔的光。爸还记得她多么怀念酸黄瓜的滋味。

还有好东西呢。爸给了妈一个包裹，看着妈打开，里面是一块漂亮的印花布，够妈做一条连衣裙的。

"哦，查尔斯，你真不该花钱买这个！太贵了！"妈说。可是妈的脸上和爸的脸上都乐开了花。

爸把帽子和格子呢大衣挂在墙上的钉子上。他转眼看了看劳拉和玛丽，就坐下来，把两条腿伸向炉火。

玛丽也坐下来，双手交叉放在腿上。可是劳拉爬上爸的膝头，抡起两个小拳头打他。"在哪儿呢？在哪儿呢？我的礼物呢？"她一边打一边问。

爸又发出洪钟般的爽朗笑声，说道："哎呀，我的衬衫口袋里好像有点儿什么东西。"

爸掏出一个奇形怪状的包裹，很慢很慢地打开。

"玛丽，先给你，"爸说，"因为你这样有耐心。"他给玛丽买了一把梳子。"给你，小坏蛋，这是你的。"他对劳拉说。

两个梳子一模一样，都是黑橡胶做的，弯成一个弧形,可以戴在小姑娘的头顶。梳子顶上是一片平平的黑橡胶,上面刻出几道缝儿,正中间有一个镂空的小五角星。梳子底下箍着一根鲜艳的彩色丝带,透过梳子能看见颜色。

玛丽梳子的丝带是蓝色的,劳拉梳子的丝带是红色的。

妈把她们的头发梳到后面,把梳子戴在她们头上。在玛丽额头的正上方,金色秀发里是一颗蓝色的小星星;而在劳拉额头的正上方,褐色头发里是一颗红色的小星星。

劳拉看着玛丽的星星,玛丽看着劳拉的星星,都开心地笑了起来。她们还从没有过这么漂亮的东西呢。

妈说:"可是,查尔斯,你什么都没给自己买!"

"哦,我给自己买了犁铧,"爸说,"这里的天气很快就会转暖,我要耕地了。"

他们很长时间都没有吃过这么愉快的晚餐了。爸平平安安地回到了家。吃了这么多月的野鸭、野雁、火鸡和鹿肉之后,煎咸肉的味道太鲜美了,还有那些薄脆饼干和绿色小酸黄瓜,那滋味更是什么也比不上。

爸给她们详细介绍了那些种子。他买了萝卜、胡萝卜、洋葱和白菜的种子,还买了豌豆和大豆的种子,还有玉米、小麦、烟草、土豆及西瓜的种子。爸对妈说:"告诉你吧,卡罗琳,等这片肥沃的土地上有了收成,我们会过上国王那样的日子!"

他们几乎忘记了印第安人营地传来的声音。窗户关上了,风在烟囱里呜咽,在小屋周围哀号。他们对风已经习惯了,听不见它的声音了。可是偶尔风声平息时,劳拉就又听见印第安人营地里传来的那种野性、尖厉、节奏很快的声音。

后来,爸对妈说了几句话,劳拉听了一下子坐得笔直,竖起耳朵。爸听独立镇的人们说,政府准备让白人定居者离开印第安人居住区。爸说印第安人一直在抗议,现在华盛顿终于给了他们答复。

"哦,查尔斯,不!"妈说,"我们已经付出了这么多心血!"

爸说他不相信这事。他说:"政府一向都是让定居者保有自己的土地,他们会让印第安人迁移的。我当时不是听到直接从华盛顿传来的消息,说这片土地随时都会对定居者开放吗?"

"真希望他们赶紧把事情定下来,别再扯来扯去的。"妈说。

劳拉上床后,很长时间没有睡着,玛丽也是。爸和妈坐在火光和烛光边读报纸。爸从堪萨斯州带回来一份报纸,正在念给妈听。报上证明爸是对的,政府不会对白人定居者采取任何措施。

每次风声渐息,劳拉都能隐约听见印第安人营地传来的野蛮的狂欢。有时即使风在呼啸，她似乎也能听见那些激烈的欢呼。越来越快，越来越快，劳拉心跳在加速。"嘿！嘿！嘿——噫！哈！嘿！哈！"

第二十二章
草 原 大 火

　　春天来了。温暖的春风里有一股令人兴奋的气息,屋外到处都开阔、明亮、清香宜人。洁白耀眼的云朵在辽阔的蓝天上飘浮,在大草原上投下它们的影子。影子是淡淡的褐色,而大草原的其他地方则是一片暗淡柔和的枯草色。

　　爸把帕特和帕蒂套在犁上,正在翻耕大草原的草皮。草皮坚硬结实,布满密密的草根。帕特和帕蒂用吃奶的力气慢慢拖动犁铧,锋利的犁头把草皮翻开一道长沟。

　　枯草又高又密,牢牢地巴住草皮。爸犁过的地方,土地并没有变成农田。长长的草根被翻到了草皮上，草叶从泥土间支棱出来。

爸和帕特、帕蒂一刻不停地耕耘。爸说今年杂草丛生的土地里会长出土豆和玉米，到了明年，草根和枯草就会腐烂。两三年后，他就有了很好的农田。爸喜欢这片土地，它是这样肥沃，没有一点儿树根、残桩和石头。

现在，那条印第安人小路上有大量的印第安人骑马经过。到处都是印第安人。他们在溪谷里打猎，枪声传出很远。谁也不知道大草原上藏着多少印第安人。大草原看上去一马平川，其实并不是这样。劳拉经常会在刚才还空无一人的地方突然看见一个印第安人。

印第安人经常到小屋来，有的很友好，有的却是一脸凶相。他们都想要食物和烟草，妈把他们要的东西都给他们。妈不敢不给。印第安人指着某个东西嘟囔几句，妈就赶紧把东西给他，不过大多数食物都藏起来锁好了。

杰克最近总是不开心，甚至在生劳拉的气。他们一直没有松开它的链子，因此，它整天躺在那里仇恨印第安人。劳拉和玛丽已经对印第安人司空见惯，看见他们不再觉得意外。可是待在爸和杰克身边总是感到更踏实一些。

有一天，她们正在帮妈准备午饭。小宝宝卡瑞在地板上的阳光下玩耍。突然,阳光不见了。

"准是暴风雨要来了。"妈看着窗外说。劳拉也朝窗外望去,南边聚集起大团大团的乌云,遮住了太阳。

帕特和帕蒂从田里跑来,爸抓住沉重的犁铧,大步跟在后面跑。

"草原起大火了!"爸喊道,"快把大桶灌满水!把麻袋浸在里面!快!"

妈奔到井边,劳拉也拖着桶跑了过去。爸把帕特拴在小屋里,把母牛和小牛犊从桩子上解下来,关在马厩里。他抓住小马驹儿,把它牢牢地拴在小屋的北墙角。妈以最快的速度打上一桶又一桶井水。劳拉跑来跑去地把爸从马厩扔出来的麻袋捡起来。

爸在耕地,一边嚷嚷着叫帕特和帕蒂加快速度。天空已经变成黑色,天色昏暗,似乎太阳已经落山。爸在小屋的西边和南边犁出一道长长的沟槽,然后回到小屋东边。兔子一只接一只跳过他身边,好像他不存在似的。

帕特和帕蒂嘚嘚地奔过来,犁铧和爸跟在后面跑。爸把它们拴在小屋北面的另一个墙角。大桶里已经灌满了水。劳拉帮着妈把麻袋按进水里浸湿。

"我只能再犁出一道沟,没有时间了。"爸说,"卡罗琳,快。火势比马跑得还快呢。"

爸和妈拎起大桶,一只大野兔从大桶上一跃而过。妈叫劳拉待在小屋旁。爸和妈拎着大桶跌跌撞撞地跑向沟槽。

劳拉站在小屋近旁。她看见滚滚浓烟下面蹿起红色的火苗。更多的野兔从身边蹿过,它们没有理会杰克,杰克也没把它们放在心上。杰克盯着翻滚的黑烟下的熊熊火焰,挤在劳拉身边,瑟瑟发抖,低声呜咽。

风越来越大,发出疯狂的尖叫。成千上万只鸟在大火前飞舞,成千上万只兔子在逃跑。

爸顺着沟槽往前跑,把沟槽另一边的草点燃。妈拿着一块湿麻袋跟在后面,看到有火苗朝沟槽这边蔓延,就把它扑灭。整个大草原上,到处都是匆匆奔跑的野兔。蛇嗖嗖地在院子里爬过。草原鸡无声地奔跑,翅膀张开,脖子向前伸着。鸟儿在尖叫的风中声嘶力竭地鸣叫。

爸点燃的小火苗已经把小屋都包围了,他帮着妈用湿麻袋控制火势。火呼呼地烧着,火舌舔舐着沟槽这边的干草。爸和妈用湿麻袋拼命扑打,一旦火苗蹿过沟槽,就用脚把它踩灭。他们在浓烟中来回奔跑,跟火搏斗。草原的大火越烧越旺,在凄厉的风声中发出越来越响的呼呼声。巨大的火苗呼啸而起,扭曲着蹿向高处。互相交织的火焰被风吹散,乘着风势,扑向前面的茅草,把它们迅速点燃。头顶上翻滚的黑烟里泛着红光。

玛丽和劳拉站在小屋边,手拉着手,浑身颤抖。小宝宝卡瑞在屋里。劳拉想做点儿什么,可是脑子里也像着了火似的呼呼旋转，嗡嗡作响。她的五脏六腑在哆嗦，泪水从刺痛的眼睛里涌出来，眼睛、鼻子和喉咙都被浓烟熏得发疼。

杰克在狂吠。小兔、帕特和帕蒂挣扎着想摆脱绳索，发出吓人的嘶吼。橘红色和黄色的骇人火焰，蔓延的速度比马跑得还快，颤动的火光笼罩了一切。

爸点燃的小火苗已经烧出黑黑的一条线。小火苗逆着风势慢慢退去，蜿蜒爬过去与凶猛的大火相会。突然，大火把小火苗彻底吞噬。

风助火势，呼啸着蹿起老高，发出噼噼啪啪的声音，火苗随着风势往上攀升。大火很快把小屋整个包围。

随后，这一切都结束了。大火咆哮着离开这里，往远处蔓延。

爸和妈扑打着院子里这儿那儿残余的小火苗。火全部扑灭后，妈到屋里去洗手洗脸。她满身都是烟灰和汗渍，浑身发抖。

妈说没有什么可担心的了。"'迎

火'的办法救了我们，①"妈说，"总算是有惊无险。"

空气里有一股焦煳味儿，直到天边的茫茫大草原都被烧得赤裸、焦黑。一缕缕黑烟袅袅不绝，烟灰被风吹得四散飘舞，一切都变了样儿，肃杀凄凉。可是爸和妈很高兴，因为大火过去了，没有造成任何损失。

爸说他们差点儿就葬身火海了，不过，死里逃生也算幸事。他问妈："如果着火的时候我在独立镇，你们会怎么办？"

"那还用说，我们就跟那些鸟儿和野兔一起到小溪去。"妈说。

大草原上所有的野生动物都知道该怎么做。它们以最快的速度或跑、或飞、或跳、或爬，赶往能使它们远离火海的水边。只有软软的花纹小地鼠深深钻进了它们的地洞，这时它们首先跑出来，环顾这片烧得寸草不留、冒着青烟的大草原。

接着，鸟儿从溪谷飞了过来，一只野兔小心翼翼地跳出来，东张西望。又过了很长很长时间，蛇才从溪谷爬出来，草原鸡也走来了。

大火在悬崖那儿熄灭了，没有蔓延到溪谷和印第安人营地。

那天晚上，爱德华兹先生和司各特先生来看爸。他

---

① 迎火，指为阻止野火蔓延而把草原或森林中的一块地方预先纵火烧光。

们都很担心,认为可能是印第安人为了烧死白人定居者而故意纵火。

爸不相信这点。他说印第安人放火烧荒,是好让绿草长得更快,人们出行也更轻松些。他们的小矮马在又高又密的枯草丛中没法儿跑得很快。现在杂草都被清理干净了,爸很高兴,这下子犁地会比较轻松了。

大人们聊天时,可以听见印第安人营地里有鼓声和叫喊声。劳拉像小老鼠一样静静坐在门口,听着大人们的谈话和印第安人的吵闹声。一颗颗大星星低低地悬挂在焚烧过的大草原上空,微微颤动。风柔和地吹着劳拉的头发。

爱德华兹先生说那些营地里的印第安人太多了,让他感到不快。司各特先生说他不明白,那些野蛮人如果不是为了行凶作恶,为什么这么多人聚在一起。

"只有死了的印第安人才是好印第安人。"司各特先生说。

爸说他对此不能苟同。他认为,只要不去招惹他们,印第安人会像任何人一样和平生活。另一方面,他们一次次被迫往西迁移,自然对白人心生怨恨。但是印第安人应该知道识时务者为俊杰。吉布森堡和道奇堡都驻扎了士兵,爸认为这些印第安人肯定不敢轻举妄动。

"至于他们为什么在营地里集会,司各特,我可以告诉你,"爸说,"他们正在准备春季的水牛大狩猎。"

爸说，下面那些营地里有六七个部落。平常这些部落都互相争斗，可是每年春天，他们就会握手言和，一起参加大狩猎。

"他们发誓彼此和平相处。"爸说，"他们考虑的是猎捕水牛，因此不太可能向我们开战。他们举办宴会，商量事宜，然后某一天，就会跟踪牛群的足迹而去。水牛很快就要跟着绿草往北去了。天哪！我真希望也能参加那样一场狩猎，肯定非常壮观。"

"唉，也许你说得对，英格尔斯。"司各特先生慢慢地说，"反正，我很高兴把你的话告诉司各特太太。她脑子里怎么也忘不了明尼苏达大屠杀。"

第二十三章
印第安人的呐喊

第二天早晨,爸吹着口哨耕地去了。中午回来的时候,他浑身黑黢黢的,沾满了大草原上的烟灰,但心情很好,因为再也没有高高的茅草碍手碍脚了。

可是他们一家都在为印第安人的事感到不安。溪谷里的印第安人越来越多。玛丽和劳拉整天都看见他们的篝火在冒烟,晚上还听见他们野蛮的叫喊声。

爸早早就从地里回来了。他提早干完杂活儿,把帕特、帕蒂、小兔、母牛和小牛犊通通关进了马厩。它们不能在清凉的月光下待在外面院子里吃草了。

当大草原上夜幕降临、风声平息下来后,印第安人营地的声音就变得更加响亮和野蛮。爸把杰克领进屋里，关上门，把拴锁带拉进来。天亮之前谁也不能出去。

夜色渐渐吞噬了小木屋，黑暗令人恐惧，空气中回荡着印第安人的叫喊声。一天夜里，印第安人的鼓声阵阵响起。

劳拉在睡梦中一直听得到那野蛮的叫喊和激烈的、有节奏的鼓声。她听见杰克爪子在抓挠，喉咙里发出低吠。有时爸从床上坐起来，侧耳细听。

一天晚上，爸从床底下的箱子里拿出他的子弹模子。他在壁炉边坐了很长时间，把铅熔化，做成子弹。直到所有的铅都用光了才住手。劳拉和玛丽睁着眼睛躺在床上看着爸。爸从没有一次做出这么多子弹。玛丽问："爸，你为什么要做这么多呢？"

"哦，我没有别的事情可做呀。"爸说完又欢快地吹起了口哨。其实他一整天都在耕地，都没有力气再拉小提琴了。他本来应该早早上床睡觉的，而不是熬夜在那里做子弹。

再也没有印第安人到小屋来了。白天，玛丽和劳拉看不见一个印第安人。玛丽不喜欢走出小屋了，劳拉只好自己一个人出去玩。她总是对大草原有一种异样的感觉，似乎不安全，似乎藏着什么东西。有时劳拉仿佛感觉什么东西在注视她，在她身后悄悄靠近。她猛一转身，却什么也没有。

司各特先生和爱德华兹先生带着枪到田里来跟爸说话。他们聊了很长时间，后来一起走了。劳拉很失望，爱德华兹先生没有到小屋来。

吃午饭的时候，爸对妈说，有些定居者在商量围场的事。劳拉不知道围场是什么。爸对司各特先生和爱德华兹先生说，这是一个愚蠢的想法。爸对妈说："如果需要围场，根本等不到我们把它建起来。我们千万不能表现出害怕的样子。"

玛丽和劳拉面面相觑。她们知道再问什么也没有用。大人们只会重复那句老话，小孩子不许随便插话，或者，小孩子只能乖乖待着，不许多嘴。

那天下午，劳拉问妈什么是围场。妈说那是个勾引小女孩提问题的东西。这就意味着大人不会告诉她们那是什么。玛丽朝劳拉使了个眼色，意思是，"我早就跟你说过。"

劳拉不知道爸为什么要说千万不能表现出害怕的样子。爸从来都不害怕。劳拉不想表现出害怕的样子，其实她心里是害怕的。她怕那些印第安人。

杰克再也不把耳朵耷拉下去，朝劳拉露出微笑了。即使劳拉爱抚它的时候，它也支棱着耳朵，脖子上的毛全都竖着，嘴唇往后咧，露出牙齿，眼睛里冒着怒火。每天夜里，它的叫声越来越凶。每天夜里，印第安人的鼓声越来越激烈，野蛮的喊叫越来越响，越来越快，越来越狂野。

半夜里，劳拉突然坐起来，失声尖叫。某种可怕的声音使她全身冒冷汗。

妈赶紧来到她身边，用温柔的声音对她说："安静，劳拉，可别把卡瑞吓着了。"

劳拉紧紧抱着妈，妈穿着她的连衣裙。炉子里满是灰烬，小屋里一片漆黑，可是妈没有上床睡觉。月光从窗户照进来。窗开着，爸摸黑站在窗口，看着外面，手里拿着枪。

在外面的黑夜中，鼓点在敲响，印第安人在野蛮地叫喊。

接着，那个可怕的声音又出现了。劳拉觉得自己在往下坠落。她什么也抓不住，四下里没有一件可抓的东西。仿佛过了很长时间，她才又能看见，又能思考和说话。

她尖声叫道："那是什么？那是什么？哦，爸，那是什么呀？"

她浑身颤抖，肚子里很不舒服。她听见沉重的鼓声和野蛮的叫喊，感觉到妈紧紧地抱着她。爸说："是印第安人的呐喊，劳拉。"

妈轻轻叫了一声，爸对妈说："最好让她们知道，卡罗琳。"

爸对劳拉解释说,那是印第安人谈论战争的方式。印第安人只是在谈论战争,并围着篝火跳舞。玛丽和劳拉千万不要害怕,因为有爸,有杰克,还有吉布森堡和道奇堡的士兵。

"所以不要害怕,玛丽,劳拉。"爸又说了一遍。

劳拉深吸一口气,说:"不怕,爸。"其实心里非常害怕。玛丽什么话也说不出来,躺在被子底下瑟瑟发抖。

小宝宝卡瑞哭了起来,妈抱着她坐到摇椅上,轻轻摇晃她。劳拉从床上溜下来,偎依在妈的膝边,玛丽不愿意一个人待在床上,也爬过来凑在一起。爸仍然守在窗口,注视着外面的动静。

鼓点似乎在劳拉脑袋里敲响,似乎在她身体深处敲响。那些野蛮、激烈的喊叫比狼嗥还要吓人。劳拉知道还有更凶险的事情会到来。它果然来了——印第安人的呐喊。

噩梦也没有那个夜晚恐怖。噩梦只是一个梦,到最可怕的那一刻,你就醒来了。而眼下的一切都是真实的,劳拉无法脱身而出。

呐喊结束了,劳拉知道它并没有把她怎么样。她仍然在黑暗的小屋里,偎依在妈身边。妈浑身都在发抖。杰克的狂吠变成了啜泣般的低吼。卡瑞又开始尖叫,爸擦擦额头,说了声:"哟!"

"我从没听过这样的声音。"爸说。接着他又问:"你说,他们是怎么学会的?"没有人回答他的话。

"他们不需要枪,那种喊声就足以把人吓死了。"爸说,"我嘴里发干,甚至不能吹口哨来救自己一命。给我拿点儿水来,劳拉。"

劳拉听了这话,觉得心里轻松些了。她舀了满满一勺水送到窗口给爸。爸接过水,笑眯眯地看着劳拉,劳拉心情一下子好多了。爸喝了点儿水,又笑了笑,说:"好!现在我可以吹口哨了!"

爸吹了几个音符,让劳拉看到他没问题了。

然后爸仔细聆听,劳拉也竖起耳朵,远处隐隐约约有一匹小矮马嘚嘚、嘚嘚的马蹄声。这声音越来越近。

小木屋的一边传来阵阵鼓声和尖厉、凶猛的狂喊声,另一边传来那位孤独的骑马者的马蹄声。

蹄声越来越近,越来越响,突然,从小屋旁疾驰而过。小矮马顺着通向溪谷的那条小路远去,蹄声渐渐模糊。

月光下,劳拉看见一匹黑色印第安小矮马,和骑在马背上的一个印第安人的背影。她看见一堆乱糟糟的毯子和一颗光光的头颅,头顶上羽毛飘动,月光照在一杆枪的枪膛上。随后,这一切都消失了。视野里只有一片空茫茫的大草原。

爸说他也搞不明白这是怎么回事。他说那个骑马者

就是曾经想用法语跟他交谈的那个奥萨格部落的人。

爸问:"在这个时候,他这样拼命骑马奔跑做什么呢?"

没有人回答,因为谁也不知道。

鼓声激昂,印第安人继续喊叫。可怕的呐喊一次又一次地响起。

过了很长时间，喊叫声逐渐变得微弱和稀疏。后来，卡瑞哭着哭着睡着了。妈把玛丽和劳拉送回床上。

第二天，她们不能出门。爸守在附近。印第安人营地里一点儿声音也没有，整个辽阔的大草原没有任何动静。只有风吹过焦黑的土地，却没有茅草随风摇摆。风吹过小屋发出流水般的哗哗声。

那天夜里，印第安人营地的声音比前一夜更可怕。那些呐喊比最恐怖的噩梦还要恐怖。劳拉和玛丽挤缩在妈身边，可怜的小宝宝卡瑞哭个不停，爸拿着枪守在窗口。杰克彻夜低吠，走来走去，每次呐喊声响起，它就大声尖叫。

第三天夜里，第四天夜里，第五天夜里，情况越来越糟。玛丽和劳拉实在累坏了，在震天的鼓声和印第安人的狂喊声中睡着了。可是有时呐喊声一响，她们又会惊恐万状地醒过来。

寂静的白天比夜晚更加难熬。爸无时无刻不在监视、聆听。犁铧扔在了地里。帕特、帕蒂、小马驹儿、母牛和小牛犊关在马厩里。玛丽和劳拉不能出屋。爸一直在密切注视着周围的大草原，稍有风吹草动，就立刻把脑袋转过去。他几乎没有吃东西，不停地起身出门察看大草原上的动静。

有一天，他坐在桌旁，渐渐把脑袋耷拉下来，睡着了。妈和玛丽、劳拉屏住呼吸，让爸好好地睡。爸太累了。可是刚过一分钟，爸就突然惊醒，严厉地对妈说："别让我再睡着了！"

"有杰克守着呢。"妈温和地说。

那天夜里是最可怕的。鼓点越来越快，喊叫声越来越响，越来越凶猛。溪谷上下，呐喊回应着呐喊，声音在悬崖间回荡，没有片刻的停息。劳拉浑身酸痛，肚子更是疼痛难忍。

爸在窗口说："卡罗琳，他们在互相吵架，说不定会打起来。"

"哦，查尔斯，如果那样就好了！"妈说。

整整一夜，没有半分钟的安宁。就在天亮前，最后一声呐喊结束，劳拉倚在妈的膝头睡着了。

她在床上醒来时，玛丽在她旁边睡得正香。门开着，劳拉见阳光照在地板上，知道差不多快到中午了。妈在做午饭，爸坐在门口。

爸对妈说："又有一大队人马往南去了。"

劳拉穿着睡衣走到门口，看见长长的一队印第安人正在远去。队伍从下面的溪谷延伸到焦黑的大草原上，继续往南去了。远远看去，骑着矮马的印第安人显得那么小，比蚂蚁大不了多少。

爸说，那天早晨有两支庞大的印第安人队伍往西去了。现在这支队伍去了南方。这就是说，印第安人中间发生了争吵。他们正在离开溪谷里的营地，不会一起参加那场大规模的水牛猎捕了。

那天夜里,夜幕悄悄降临。天地间除了呼呼的风声,什么声音也没有。

"今晚可以睡一个好觉了!"爸说。他们倒头睡去,整整一夜,连梦也没做。早晨,杰克仍然躺在劳拉昨晚上床前看见它躺的地方,睡得浑身瘫软。

第二天夜里也没有任何动静,他们又睡了一个香甜的好觉。那天早晨,爸说他觉得自己像雏菊一样清新,准备到溪谷边去侦察一下。

爸把杰克拴在墙边的链条上,扛着枪,顺着小溪的那条路远去了。

劳拉、玛丽和妈什么事也不能做,一心等爸回来。她们待在屋里,盼望爸早点儿回家。地板上的阳光从来没有移动得像那天那样缓慢。

爸终于回来了。他是傍晚时分到家的,一切都很正常。爸顺着小溪走来走去,看见了许多被遗弃的印第安人营地。所有的印第安人都走了,除了一支名叫奥萨格的部落。

爸在树林里碰见一个奥萨格,那个印第安人能跟爸说得上话。他告诉爸,除了奥萨格,所有的部落都已经决定要杀死闯入印第安人居住区的白人。他们正在准备开战,一个单枪匹马的印第安人骑马闯进了他们的集会。

那个印第安人从很远的地方快马加鞭而来，因为他不希望他们杀死白人。他是奥萨格部落的人，从他们对他的称呼看，他是一个了不起的勇士。

"橡树战士。"爸说出了他的名字。

"他日日夜夜地跟他们辩论，"爸说，"最后奥萨格部落所有的人都同意了他的意见。然后他站出来告诉其他部落，如果他们开始屠杀我们，奥萨格部落就会跟他们作战。"

怪不得在最后那个恐怖的夜晚，传来了那么多的声音。其他部落朝奥萨格部落咆哮，奥萨格部落朝其他部落吼叫。其他部落的人不敢跟"橡树战士"和他的奥萨格部落对抗，于是第二天，他们就离开了。

"那是一个好印第安人！"爸说。不管司各特先生是怎么说的，爸不相信只有死去的印第安人才是好印第安人。

第二十四章
印第安的马队离开了

又睡了一个漫漫长夜。躺下来沉入甜甜的梦乡，这感觉真好啊。一切都是那么安全，那么宁静。只有猫头鹰在小溪边的树林里高叫"呼——呼——"大大的月亮在无边无际的大草原上方的天空边慢慢飘浮。

早晨，太阳温暖地照着。青蛙在小溪里聒噪："呱！呱！"好像在说："水深！水深！快绕开。"

自从妈告诉玛丽和劳拉青蛙说的是什么，她们就能把青蛙叫的每个字听得清清楚楚。

门开着，让春天暖融融的空气吹进来。吃过早饭，爸愉快地吹着口哨出去了。他又要把帕特和帕蒂套在犁

印第安的马队离开了

铧上,可是他的口哨声突然停住了。他站在门口,望着东边说:"快来,卡罗琳,还有你们,玛丽,劳拉。"

劳拉先跑了过去,她大吃一惊。来了许多印第安人。

他们没有走那条通往小溪的路,而是从东边很远的溪谷里骑马过来的。

先到的是那个曾在月光下骑马经过小屋的高个子印第安人。杰克汪汪大叫,劳拉的心跳加速。她庆幸有爸在身边。不过她知道这是那个好印第安人,是他阻止了那些恐怖呐喊的奥萨格部落首领。

他的黑色小矮马欢快地小跑着,迎风喷着鼻息,风把它的鬃毛和尾巴吹得像飘动的旗帜。小矮马的头和鼻子可以自由活动,没有戴笼头,身上也没有一根缰绳。它不想做的事情,是没有办法强迫它做的,但它心甘情愿地顺着古老的印第安小路跑来,似乎很愿意让那个印第安人骑在它背上。

杰克凶狠地汪汪叫,拼命想摆脱它的锁链。它想起来了,这个印第安人曾经用枪瞄准过它。爸说:"安静,杰克。"杰克又叫起来,爸生平第一次打了它一下。"躺下!不许动!"爸说。杰克这才缩在地上,一动不动了。

小矮马已经走得很近了,劳拉的心越跳越快。她看着印第安人脚上缀满珠子的鹿皮鞋,又抬头看看贴在小矮马肚子旁边的带流苏的绑腿。印第安人身上裹着一条色彩鲜艳的毯子,一条赤裸的红褐色手臂握着一杆来复枪,枪横放在小矮马光光的马肩上。接着劳拉又抬眼看着印第安人僵硬威严的褐色脸膛。

这是一张宁静又充满傲气的脸。不管发生什么事,总是那种表情,没有什么事情能改变他。只有那双眼睛炯炯有神,洋溢着生气,目光坚定地望着遥远的西方。他的目光一动不动,他浑身都没有丝毫动弹,除了剃得光光的头顶上支棱着的那几根老鹰的长羽毛。当高个子印第安人骑着黑色小矮马经过小屋、走向远方时,老鹰的长羽毛迎风摇摆、飘舞、旋转。

"他就是橡树战士本人。"爸低声说,并举手向他敬了个礼。

愉快的小矮马和纹丝不动的印第安人径直走了过去。他们就这样走了,好像小屋、马厩、爸、妈、玛丽和劳拉根本不存在似的。

爸、妈、玛丽和劳拉慢慢转过身,注视着印第安人骄傲而挺拔的后背。然后,更多的小矮马、更多的毯子、更多剃过的脑袋和老鹰羽毛出现了。越来越多的印第安勇士跟随着"橡树"骑马走过那条小路。一张又一张褐色的脸在面前闪过。小矮马的鬃毛和尾巴在风中摇摆,珠子闪亮,流苏飘扬,老鹰羽毛在所有那些光光的脑袋上晃动。放在小矮马肩膀上的一杆杆来复枪在行走的队伍中颠簸。

劳拉看到这么多小矮马很兴奋。小矮马有黑色的、枣红色的、灰色的、褐色的，还有带斑纹的。它们的小蹄子嘚嘚、嘚嘚地踏在那条印第安小路上。它们看见杰克，张大了鼻孔，身体闪到一边，但它们还是勇敢地走过来了，并用它们亮晶晶的眼睛看着劳拉。

"哦，漂亮的小矮马！看啊，漂亮的小矮马！"劳拉拍着手喊道，"快看这匹花斑马。"

劳拉看着那些小矮马一匹匹经过，好像永远也看不腻，可是刚过了一会儿，她就开始看马背上的女人和孩子了。那些女人和孩子骑马跟在印第安男人的后面。那些跟玛丽和劳拉差不多大的光身子的褐色印第安小孩子，也骑在漂亮的小矮马上。小矮马不用戴笼头和马鞍，印第安小孩子也不穿衣服。他们的皮肤都裸露在新鲜的空气和和煦阳光里。他们又直又长的黑发在风中舞动，黑黑的眼睛闪烁着快乐的光芒。他们像成年印第安人一样端坐在马背上，腰板挺得笔直。

劳拉出神地看着那些印第安小孩子，他们也看着她。她有一个调皮的念头，想成为一个印第安小女孩。当然啦，这并不是当真的，她只是想光着身子沐浴在野风和阳光里，骑着一匹那样的枣红色小矮马。

印第安小孩子的妈妈也骑着小矮马。皮流苏从她们腿上悬挂下来，毯子裹着她们的身体，她们留着满头顺滑的乌黑头发。她们黑黢黢的脸庞，神情平静。有些女人的背上系着窄窄的包裹，婴儿小小的脑袋从包裹顶上探出来。还有些婴儿和幼儿坐在篮子里，挂在妈妈骑的小矮马的身体两侧。

更多的小矮马从门前经过，还有更多的孩子，更多的驮在妈妈背上的小婴儿，更多的坐在小矮马身体两侧篮子里的幼儿。这时，来了一个骑马的母亲，她的小矮马身体两侧的篮子里各有一个婴儿。

劳拉直盯盯地看着离她较近的那个小婴儿的明亮的眼睛。只有婴儿的小脑袋露在篮口上方。他的头发黑得像乌鸦的羽毛，眼睛黑得像没有星光的夜空。

这双黑眼睛深深地凝视着劳拉的眼睛，劳拉也深沉地凝视着小婴儿乌黑发亮的眼睛，她多么想要这个小婴儿啊。

"爸，"劳拉说，"把那个印第安小宝宝给我吧！"

"嘘，劳拉！"爸严厉地对她说。

印第安小婴儿走远了。但他却转过脑袋，眼睛一直盯着劳拉。

"哦，我要他！我要他！"劳拉央求道。小婴儿越走越远，越走越远，但一直回头望着劳拉。"他想留下来跟我在一起。"劳拉恳求，"求求你了，爸，求求你了！"

"嘘，劳拉！"爸说，"印第安女人不会跟自己的宝宝分开。"

"哦，爸！"劳拉哀求，然后就哭了起来。哭鼻子是很丢脸的，可她就是忍不住。印第安小婴儿走了，她知道永远也不会再见到他了。

妈说她从没听说过这样的事情。"真不像话，劳拉。"她说。劳拉还是哭个不停。"见鬼，你要一个印第安小婴儿干什么！"妈问她。

"他的眼睛那么黑。"劳拉哭着说。其实，她也不知道是怎么回事。

"哎呀，劳拉，"妈说，"你不能要别人的宝宝。我们已经有一个宝宝了，她是我们自己的宝宝卡瑞。"

"那一个我也想要！"劳拉大哭起来。

"嘿，莫名其妙！"妈大声说。

"看看这些印第安人，劳拉。"爸说，"看看西边，再看看东边，看看你能看到什么。"

劳拉起初什么也看不见。她眼睛里满是泪水，不断地哽咽。不过她还是尽量按爸说的去做，过了一会儿，她安静下来。在她目力所及之处，全都是印第安人，他们长长的队伍一眼望不到头。

"印第安人真是太多了。"爸说。

源源不断的印第安人骑马经过这里。小宝宝卡瑞看腻了印第安人，在地板上自己玩了起来。可是劳拉却坐在门槛上，爸站在她身边，妈和玛丽站在门里，他们继续看印第安人的马队从门前通过。

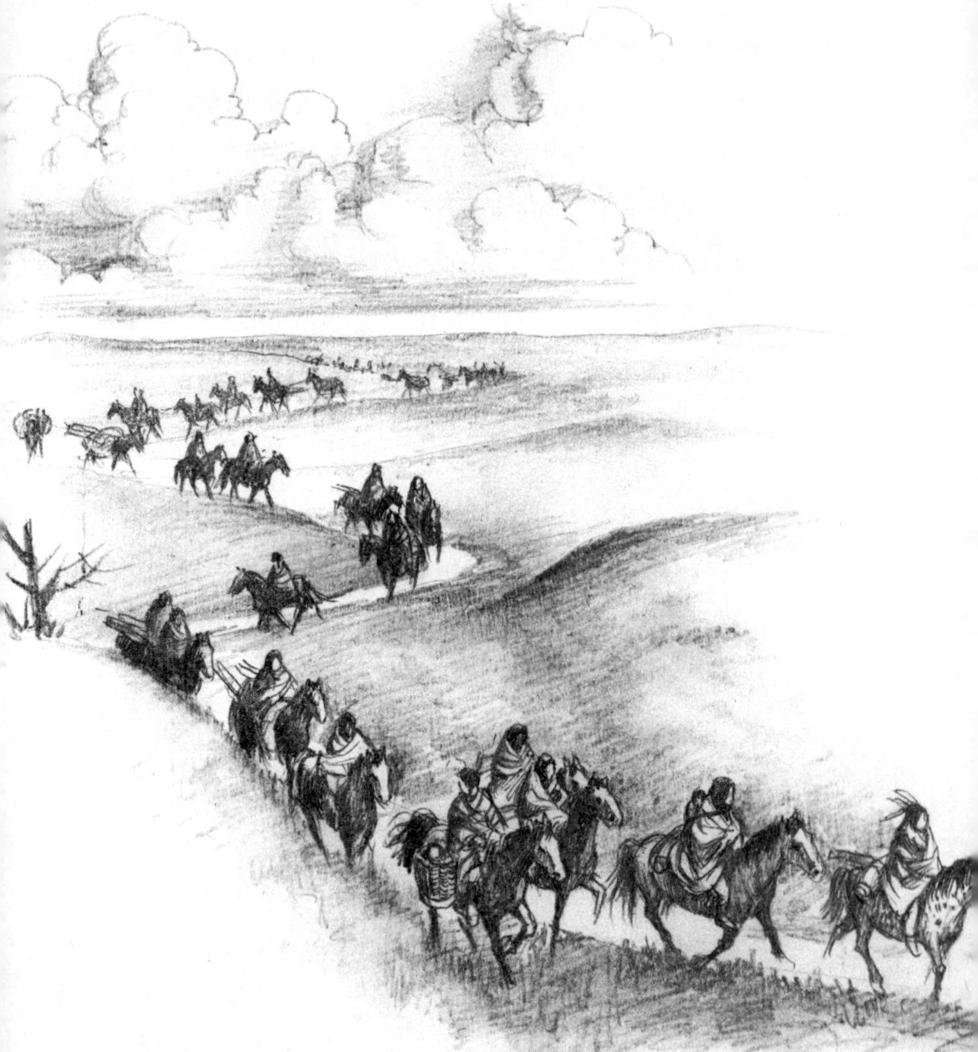

吃午饭的时间到了,但没有人想起吃饭。印第安人的小矮马还在经过,驮着一包包皮子、搭帐篷的支柱、悬垂的毯子和煮锅。又过去几个印第安女人和几个光着身子的印第安小孩儿。终于,最后一匹小矮马也过去了。可是爸、妈、劳拉和玛丽仍然在门口望着,望着,直到长长的印第安人队伍慢慢走向西边地平线的尽头,只剩下了一片寂静和空旷。整个世界似乎变得非常安静和孤独。

妈说她没有心情做任何事,她一下子松懈下来。爸对她说不用做什么,好好休息就行。

"你必须吃点儿东西,查尔斯。"妈说。

"不用,"爸说,"我不饿。"他沉着地给帕特和帕蒂套上绳索,又开始用犁铧翻耕坚硬的土地了。

劳拉也什么都吃不下。她在门槛上坐了很长时间,注视着空荡荡的西边,印第安人就是从那里离开的。她似乎依然能看见飘舞的羽毛和黑漆漆的眼睛,听见小矮马嘚嘚的马蹄声。

第二十五章
士兵要来了

印第安人走后，茫茫的大草原变得非常安静。一天早晨，整个大地都变绿了。

"那草是什么时候长出来的？"妈惊讶地问。"我以为漫山遍野都是焦黑的，现在呢，一眼望过去，绿草茵茵。"

天空里，数不清的野鸭和野雁排着队飞向北方。乌鸦在小溪边的树丛里呱呱地叫。风在新长出的绿草间呢喃，带来了泥土和万物萌生的气息。

早晨，草原云雀唱着歌儿飞向空中。白腰杓鹬（sháo yù）、喧鸻（xuān héng）和矶鹬（jī yào）在溪谷里啾啾鸣叫。傍晚的时候，经常听见嘲鸫在唱歌。

一天夜里，爸和玛丽、劳拉静静地坐在门槛上，注视着小野兔在星光下的草地上嬉戏。三只兔妈妈摇晃着长耳朵跳来跳去，也在看自己的兔宝宝玩耍。

白天每个人都很忙。爸忙着耕地，玛丽和劳拉帮妈种菜园子。妈用锄头在爸用犁铧翻开的缠结的草根间刨出小洞，劳拉和玛丽小心地把种子丢进去。妈再用泥土把它们整整齐齐地盖上。就这样种了洋葱、胡萝卜、豌豆、大豆和萝卜。她们心里高兴极了，春天终于来了，过不了多久，就有蔬菜吃了。这么长时间只吃面包和肉，早就吃腻了。

一天傍晚，太阳还没落山，爸就从地里回来，帮妈栽种卷心菜和红薯的秧苗。妈已经把卷心菜种子播撒在一个扁平的盒子里，放在室内。她小心翼翼地给它浇水，每天从早到晚都把它挪到从窗口照进来的阳光下。圣诞节的红薯她留了一个，种在另一个盒子里。现在，卷心菜种子已经发出灰绿色的小芽儿，红薯抽出了一根茎，每个芽眼儿里都萌出一片绿叶。

爸和妈小心翼翼地拿起每一棵小秧苗，把它的根须轻轻地放在挖好的洞里。他们给根浇水，再用泥土把它们压紧。种好最后一棵秧苗时，天早就黑了，爸和妈也累了。可是他们感到很开心，今年能收获卷心菜和红薯了。

他们每天都来看看那片菜园子。菜园的土很硬，杂草丛生，因为是由大草原的草皮翻耕而成的，但是每一棵小秧苗都长势喜人。豌豆冒出了皱巴巴的小叶子，洋葱吐出了嫩嫩的叶芽。大豆直接就从泥土里钻了出来。一根小小的黄色豆芽像弹簧一样卷曲着，然后渐渐挺拔。接着，豆子裂开，在两片小嫩芽旁边耷拉下来，嫩芽迎着阳光尽情舒展开来。

过不了多久，他们就要过上像国王一样的生活了。

每天早晨，爸愉快地吹着口哨下地干活儿。他已经在新开垦的土地上种了一批土豆。现在，他腰上系着一袋玉米，一边耕地，一边把玉米粒撒进犁头旁边的垄沟里。犁铧把一块草皮翻在玉米种子上面。种子会挣扎着穿过盘结的草根发芽的，这里将长成一片玉米田。

过些日子，餐桌上就会有嫩玉米了。到了冬天，还会有老玉米给帕特和帕蒂吃。

一天早晨，玛丽和劳拉正在洗碗碟，妈在铺床。妈轻声哼着小曲儿，劳拉和玛丽在谈论菜园子的事。劳拉最喜欢豌豆，玛丽喜欢大豆。突然，她们听见爸在说话，嗓门儿很大，怒气冲冲。

妈悄悄走到门口，劳拉和玛丽一边一个从她身旁探出头来。

爸赶着帕特和帕蒂从地里过来，后面拖着犁铧。司各特先生和爱德华兹先生和爸在一起，司各特先生正在急切地说着什么。

"不行，司各特先生！"爸回答道，"我不会留在这里，像个罪犯一样让士兵把我抓走！要不是华盛顿该死的政客放出话来，说可以在这里定居，我压根儿不会进入印第安人居住区的境内。我绝不会等着士兵来把我们弄走。我们马上就走！"

"出什么事了，查尔斯？我们要去哪儿？"妈问。

"我哪儿知道！但是我们要走。我们要离开这里！"爸说，"司各特和爱德华兹说政府要派士兵来把我们所有的移居者赶出印第安人居住区。"

爸的脸气得通红，眼里冒出火光。劳拉吓坏了，她从没见过爸这副模样。她紧紧贴着妈，一动不动地看着爸。

司各特先生刚想说话，爸拦住了他。"别费口舌了，司各特，说什么也没有用。如果你愿意，可以待到士兵来的时候。我们马上就走。"

爱德华兹先生说他也要走。他不愿意像一条下贱的黄狗那样，被驱赶出境。

"搭我们的车一起去独立镇吧，爱德华兹。"爸说。爱德华兹先生回答说，他不愿意去北边。他要造一条船，顺着河流到南边找个地方定居。

"最好跟我们一起走，"爸劝他道，"然后步行穿过密苏里。你独自驾小船驶过到处都是印第安人部落的底格里斯河，实在是太冒险了。"

爱德华兹先生说他已经去过密苏里，而且他有足够的火药和铅弹。

爸叫司各特先生牵走母牛和小牛犊。"我们带不走。"爸说，"你一直是个好邻居，司各特，真舍不得离开你。可是，我们明天一早就动身了。"

劳拉听着他们的对话，直到看见司各特先生把母牛牵走，才相信这一切都是真的。性格温顺的母牛，长角上拴着绳子，乖乖地走了，小牛犊儿蹦蹦跳跳地跟在后面——所有的牛奶和奶酪都没有了。

爱德华兹先生说他会忙得没时间再来看他们。他跟爸握了握手，说："再见了，英格尔斯，祝你好运。"他跟妈握了握手，说："再见了，夫人。我再也见不到你们了，但肯定永远不会忘记你的好意。"

然后他转向玛丽和劳拉，把她们当大人一样跟她们握手。"再见了。"他说。

玛丽很有礼貌地说："再见，爱德华兹先生。"可是劳拉忘记了礼貌，她说："哦，爱德华兹先生，我真不愿意你走！哦，爱德华兹先生，谢谢你，谢谢你大老远地跑到独立镇给我们找到圣诞老人。"

爱德华兹先生的眼睛里一下子发出亮亮的光，他没有再说一句话，默默地转身走了。

半上午的时候，爸就给帕特和帕蒂解开了绳索，于

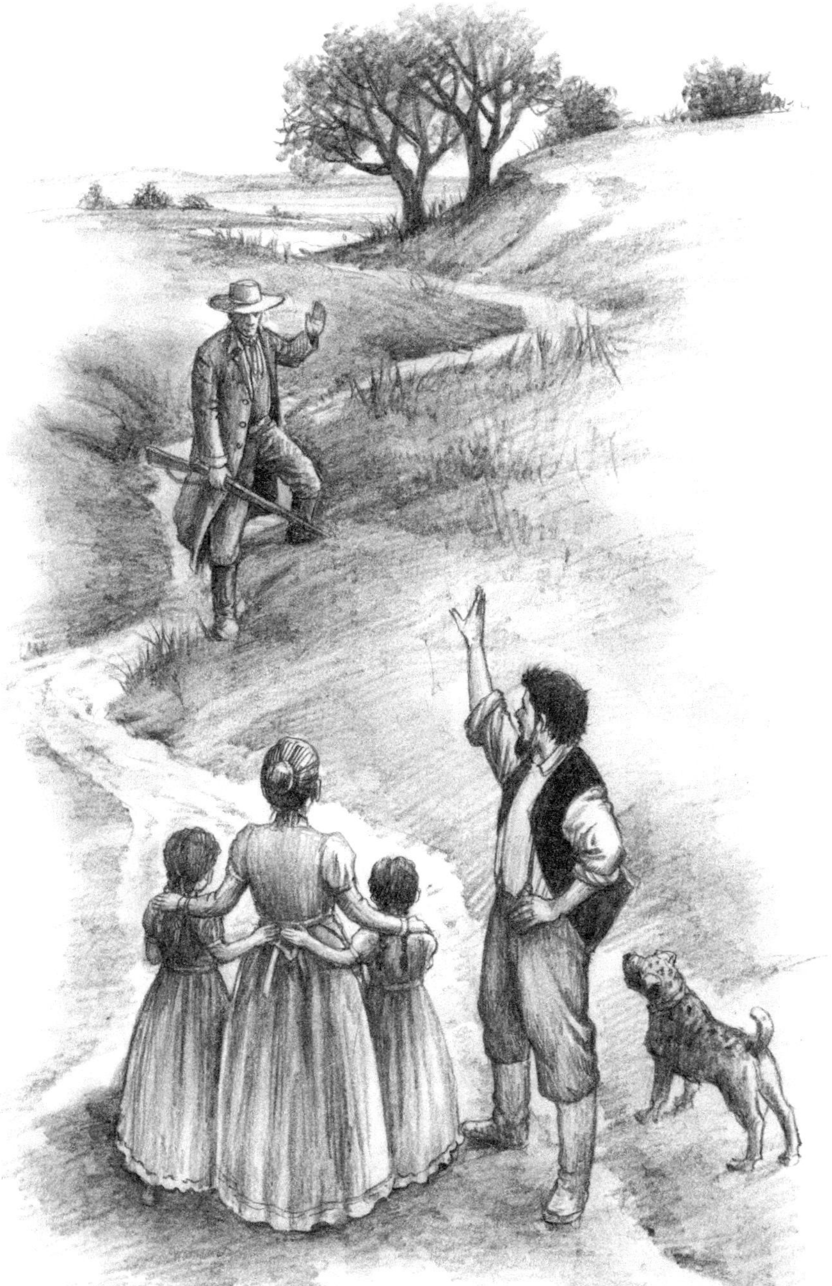

是劳拉和玛丽知道这件事是真的了,他们确实要离开这里了。妈什么话也没说。她走进小屋,这里看看,那里看看。她看着没有洗完的碗碟和铺了一半的床,举起双手,坐了下来。

玛丽和劳拉继续洗碗碟。她们小心翼翼尽量不发出一点儿声音。突然爸进来了,她们立刻转过身去。

爸又恢复了他原来的模样,手里拎着装土豆的袋子。

"给你,卡罗琳!"他说,声音跟平常没有两样,"多做点儿饭!我们一直舍不得吃土豆,要留着当种子。现在把它们全部吃掉吧!"

就这样,那天午饭吃的是准备做种子的土豆。土豆非常好吃,因此劳拉知道爸那句话说得没错,"无论多么糟糕的事情都会有一点儿小小的好处。"

吃过午饭,爸把马车的弓架从牲口棚的木钉上拆下来。他把那些弓架装在马车上,每根弓架的一端装在马车一侧的铁皮铰链上,另一端装在马车另一侧的铁皮铰链上。所有的弓架都装好后,爸和妈把帆布车篷铺在上面,拉下来紧紧系住。然后爸使劲拉车篷尾端的绳子,让车篷缩在一起,最后只留下车尾中间的一个小圆洞。

带篷的马车准备好了,只等第二天一早装车。

那天夜里,每个人都很安静。就连杰克也感觉到有些异样，劳拉上床睡觉时，它紧贴着劳拉身边躺下了。

天气已经暖和，不用再生火了，爸和妈坐在壁炉前望着炉灰。

妈轻轻叹了口气，说："整整一年过去了，查尔斯。"爸轻松地回答道："一年算什么？我们有的是时间。"

第二十六章
离别大草原，出发

第二天早晨吃过早饭，爸和妈把行李装上马车。

首先把所有的被褥铺成两层铺盖，摞起来放在马车后面，用一条漂亮的格子花呢毯仔细盖好。玛丽、劳拉和小宝宝卡瑞白天就坐在上面。晚上，把上面那层铺盖拿下来铺在马车前面，爸和妈睡，玛丽和劳拉就睡在底下那层铺盖上。

爸把墙上的小碗柜拿下来，妈把食物和碗碟都装在了里面。爸把碗柜塞到马车座位底下，并在座位前面放了一袋喂马的谷子。

"这样我们的脚就可以好好儿休息休息了，卡罗琳。"爸对妈说。

妈把所有的衣物装进两个毡制手提包,爸把它们挂在马车里的弓架上,并把他的来复枪挂在对面,下面吊着他的子弹袋和装火药的牛角。小提琴装在盒子里,放在床的一头儿,路上车颠簸的时候就不会碰坏。

妈用麻袋把蜘蛛烤肉架、面包炉和咖啡壶包起来,放在马车上。爸把摇椅和大木桶绑在马车外面,把水桶和饮马桶挂在马车底部。他把铁皮提灯小心地放在车厢前面的角落里,这袋粮食恰好能把它挤得纹丝不动。

东西都装上了马车。唯一带不走的是那个犁铧。唉,那也是没办法的事,马车里放不下。等他们到了定居的地方,爸再弄些皮毛,换一个新的犁铧。

劳拉和玛丽钻进马车,坐在后面的铺盖上。妈把小宝宝卡瑞放在她俩中间。她们都刚洗了脸、梳了头。爸说她们就像猎狗的牙齿一样干净光洁,妈说她们像新买的别针一样光亮。

爸把帕特和帕蒂套在马车上。妈爬上座位,抓住缰绳。突然,劳拉想再看一眼小木屋。她央求爸让她看看外面。爸松开车篷后面的绳子,让那个圆洞变大一些。劳拉和玛丽可以看见外面了,但那根绳子仍然箍着车篷,以免卡瑞一头栽到饲料箱里去。

温馨的小木屋看上去跟往常一样,它似乎并不知道他们要离开。爸在门口站了一会儿,往屋里四下看看。

他看着床架、壁炉和窗玻璃,然后仔细地关上门,把拴锁带留在外面。

"可能有人需要一个地方遮风挡雨。"他说。

爸爬到座位上挨着妈坐下,把缰绳揽在自己手里,对帕特和帕蒂吹了声口哨。

杰克钻到马车底下。帕特朝小兔叫了一声,小兔走到它身边,一块儿出发了。

就在通往小溪的那条路转下溪谷时,爸勒住马,他们一起回首眺望。

极目远望,东边、南边、西边,茫茫的大草原上没有一丝动静,只有绿草随风摇曳,白云在高高的蓝天上静静地飘荡。

"这真是个神奇的地方,卡罗琳。"爸说,"但是很长时间只会有印第安人和狼群出没。"

小木屋和小马厩孤零零地立在一片寂静之中。

接着,帕特和帕蒂又轻快地往前走去。马车从悬崖上来到了树林密布的溪谷,高高的树梢上,一只嘲鸫开始唱起来。

"我从没听见嘲鸫这么早就唱歌。"妈说。爸轻声回答,"它在跟我们告别呢。"

马车穿过低矮的山丘,驶向小溪。溪水很浅,很容易渡过。马车在溪谷穿行,顶着鹿角的野鹿站起来注视他们经过,母鹿带着小鹿跑进了树荫里。随后,马车穿

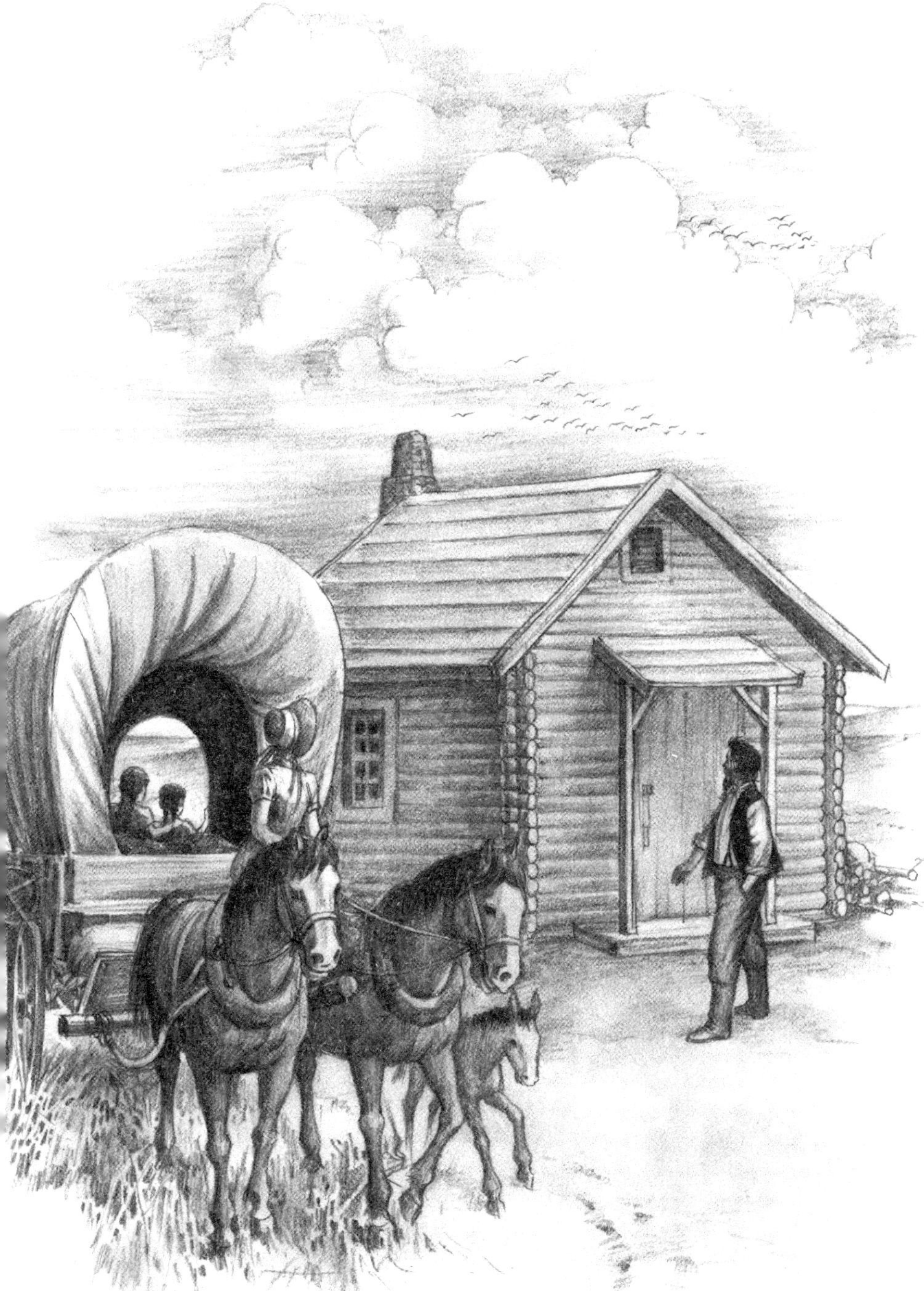

过陡峭的红土悬崖，接着，又爬上了高处的草原。

帕特和帕蒂兴致勃勃地往前走。它们的马蹄声在溪谷里闷闷的，此刻走在草原上，显得格外清脆悦耳。风吹着马车最前面的几根弓架，发出尖厉的呼啸。

爸和妈默默地、静静地坐在座位上，沉默不语，玛丽和劳拉也不作声，但是劳拉很激动。坐在大篷车里赶路，永远不知道接下来会发生什么事，也不知道明天会到达什么地方。

中午，爸在一个小泉眼儿旁停下来，让马吃点儿东西、喝水、休息会儿。过不了多久，泉水就会在酷暑中干涸，但现在水还很多。

妈从食品箱里拿出冷的玉米饼和肉，一家人坐在马车阴影里干净的草地上，吃起饭来。他们喝着泉水，劳拉和玛丽在草地上跑来跑去，采摘野花，妈把食品箱整理好，爸把帕特和帕蒂重新套上马车。

他们继续前进，在大草原上走了很长时间，除了随风舞动的茅草、天空和一眼望不到头的车辙，什么也看不见。偶尔，一只野兔蹦跳着跑开。一只草原母鸡带着一窝草原小鸡慌忙地躲进草丛。小宝宝卡瑞睡着了。玛丽和劳拉也昏昏欲睡，突然，她们听见爸说，"那边好像有什么事。"

劳拉赶紧跳起来，只见远处的大草原上有一个浅色的小鼓包。她看不出有什么异样。

"哪儿?"她问爸。

"那儿。"爸说,朝那个小鼓包点点头。"它不动了。"

劳拉没有再说什么。她使劲盯着看呀看,才发现那个鼓包是一辆篷车。篷车越变越大,劳拉看见它的前面没有套马,周围也没有什么东西。接着,她看见马车前面有个黑乎乎的东西。

那黑乎乎的东西是两个人,他们坐在马车辕杆上。那是一个男人和一个女人。他们坐在那里低头看着自己的脚,当帕特和帕蒂停在他们面前时,才抬起头来。

"出什么事了?你们的马呢?"爸问。

"不知道。"男人说,"我昨晚把它们拴在马车上,今天早晨就不见了。半夜里有人割断绳子,把马偷走了。"

"你们的狗呢?"爸问。

"没有狗。"男人说。

杰克待在马车底下,没有汪汪叫,也没有钻出来。它是一只聪明的狗,知道碰到陌生人该怎么做。

"我看,你们的马是丢了。"爸对男人说,"永远不会再见到它们了。对偷马贼,即便是绞死都不为过。"

"是啊。"男人说。

爸看看妈,妈微微地点点头。爸说:"搭我们的车去独立镇吧。"

"不行,"男人说,"我们的东西都在这辆马车里。我们不能扔下它。"

"哦，天哪！那你们怎么办？"爸惊叫道，"可能好几天、好几个星期都不会有人经过这里。你们不能留在这儿。"

"我不知道。"男人说。

"我们不能离开这辆马车。"女人说。她低头看着交叉放在膝头的双手，劳拉看不见她的脸，只能看见太阳帽的帽檐儿。

"最好上来吧。"爸对他们说，"你们可以再回来取车。"

"不行。"女人说。

他们不肯离开马车，他们所有的东西都在马车里。爸只好驱车继续前进，留下他们独自坐在茫茫大草原里，孤独地坐在马车的辕杆上。

爸自言自语地嘟囔："真没经验！他们所有的东西都在车上，却没有看家护院的狗！自己也不站岗放哨，还用绳子把马拴住！"爸哼了一下鼻子。"真没经验！"他又说一遍，"他们根本就不该到密西西比河西部来！"

"可是，查尔斯！他们最后会怎么样呢？"妈问他。

"独立镇里有士兵。"爸说，"我会告诉队长，让他派人把他们接过去。估计他们能熬到那个时候。碰到我们经过这里，也算他们运气，要不然的话，天知道什么时候才会被人发现。"

劳拉注视着那辆孤独的马车，直到它变成了大草原上的一个小鼓包，然后成了一个小黑点，最后彻底消失了。

整整一天，爸都在赶车，再也没有看见别人。

太阳落山时，爸在一口井边停下。这里原来有一座房子，后来被火烧毁了。井里有大量的清水，劳拉和玛丽捡了一些烧了一半的木头生火。爸把马解下来，让它们喝水，然后把它们拴在木桩上。爸把马车的座位拿下来，搬出食品箱。火烧得很旺，妈很快做好了晚饭。

一切都跟他们没建造小木屋之前一模一样。爸、妈和卡瑞坐在马车座位上，劳拉和玛丽坐在马车辕杆上。他们吃着刚从篝火上端下来的热气腾腾的美味晚餐。帕特、帕蒂和小兔马嚼着肥嫩的青草，劳拉留了一些食物喂给杰克。杰克不能讨食，但晚餐一结束，它就可以饱餐一顿了。

太阳落到了遥远的地平线上，该扎营露宿了。

爸用铁链把帕特和帕蒂拴在马车尾部的食品箱上，把小兔马拴在车边。他喂它们吃饱了谷子，然后自己坐在火边抽烟。妈安顿玛丽和劳拉上床，把小宝宝卡瑞放在她们身边。

妈挨着爸在火边坐下，爸从盒子里拿出小提琴，拉了起来。

"哦，苏珊娜，别为我哭泣……"小提琴如泣如诉，爸开始唱歌。

我去加利福尼亚，
膝盖上放着洗衣盆，
每次想到我的家，
就希望离家的不是我。

"你知道吗，卡罗琳，"爸停住唱歌说，"我一直在想，野兔吃我们种的那些菜该有多开心啊。"
"别说了，查尔斯。"妈说。
"没关系，卡罗琳！"爸对她说，"我们会有一个更好的菜园子。不管怎么说，我们从印第安人居住区带走的东西比带去的多。"
"我不明白多了什么！"妈说。爸回答道："哎呀，那头骡子嘛！"妈笑了起来，爸和小提琴又唱起来。

我要在迪克西安个家，
在迪克西度过一辈子！
离开，离开，离开，离开，
去南边的迪克西！

歌曲轻快悠扬，劳拉听得几乎要从床上蹦起来。她必须躺着不动，不能把卡瑞吵醒。玛丽也睡着了，可是劳拉却无比清醒。

她听见杰克在马车底下给自己铺床。杰克转了一圈又一圈,把草踩平,然后蜷身躺进那个圆圆的窝里,心满意足地叹了口气。

帕特和帕蒂在嚼最后一点儿谷子,它们把链条弄得咔咔作响。小兔马躺在马车旁边。

全家人聚在一起,在辽阔而群星璀璨的夜空下过夜,安全而舒适。篷车又一次成了他们的家。

小提琴开始拉一支进行曲,爸清晰的声音浑厚得像洪钟一样唱道:

> 我们要团结在旗帜周围,伙计,
> 我们要再次团结一心,
> 高声发出自由的呐喊!

劳拉觉得她也想大声喊出来。可是妈悄悄从车篷的圆洞往里看了看。

"查尔斯,"妈说,"劳拉还醒着呢。听着这样的音乐她不可能睡着。"

爸没有回答,但小提琴的调子变了,变成了一曲悠长的轻柔的回旋曲,似乎在温柔地哄劳拉入睡。

劳拉觉得眼皮耷拉下来了,似乎要进入梦境。伴随着爸爸轻柔的歌声,她开始在大草原无边无际的草浪上飘浮,爸爸唱道:

划呀,划呀,划过蔚蓝色的海洋,
橡树小船像羽毛一样。
亲爱的,轻轻地在海上泛舟;
我日夜伴你在大海上漂荡。